掟上今日子的内封面

西尾维新／著
NISIOISIN
绯华璃／译

台海出版社

千本樱文库

前 言
PREFACE

文库，原本是指收纳书物的仓库和书库，也指收纳书与记事簿，以及不常用物品的小箱子。以前者为例，京浜急行线的“金泽文库站”就是以前镰仓时代北条氏用来收藏汉书用的，“金泽文库”名字的由来便是如此。东京都的世田谷区也存在着收集着珍贵汉书的“静嘉堂文库”。后者则更多地被称为“手文库”。

江户时代以来，可以放入袖袂的小开本书籍逐渐流行起来，被称为“袖珍本”。明治三十六年（1903年），富山房发行了小开本的丛书，起名“袖珍名著文库”。随后，明治四十四年（1911年），讲述战国时代的猿飞佐助和雾隐才藏系列故事的讲谈社“立川文库”发行出版。讲谈是日本民间艺术，以口语化的方式讲述历史故事的形式。而“立川文库”则是将讲谈收录成册集中出版的丛书，据统计，当时刊行量为200册左右。从那时起，文库就脱离了原本的释意，逐渐演变成了现在的类书集丛。

文库说法借鉴了日本出版业界的传统说法。而千本樱源自日本奈良县吉野山樱花盛开的奇景，世人皆称“一目千本樱”来形容樱花美景。千本樱文库的纳入作品皆为日系作品，题材包括推理、悬疑、幻想、青春、文化等类型，正如千本樱满山盛开的绝景。

现代日本，以“文库”命名刊行的丛书系列有200种以上，所谓“文库本”只不过是统称而已。日本传统的“文库本”常用的是A6尺寸的148mm×105mm，也叫“A6判”。千本樱文库的所有书籍将在“文库本”的基础上提升，达到148mm×210mm的开本标准。追求还原的前提下，力图带给读者更清晰的阅读体验。

从20世纪70年代以来，日系推理小说逐步进入中国读者的视野。随着时代更替，涌现出了各种不同风格的作家。日系推理能够长久不衰的原因之一在于设立的各种新人奖，这些新人奖能为日本文坛输送新鲜血液，不断地创作优秀作品。其中，以自由度著称的梅菲斯特奖独树一帜。梅菲斯特奖是讲谈社旗下的公募新人奖，其特色在于不限题材，不设字数限制，能够充分发挥作者的想象力和创作力。因此，获奖作品都具有鲜明个性。同时，如森博嗣、京极夏彦、辻村深月等人气作家也都出道于梅菲斯特奖。梅菲斯特奖作家系列的引进出版，会给读者带来更多的个性之作。

西尾维新作品的风格，即使放在梅菲斯特奖的历史上，也是独具一格的。2002年至2005年期间刊行的“戏言系列”兼具文学性与娱乐性，打破了本格推理小说解谜为主，不注重登场角色的传统。其作品中，经常出现形形色色个性怪异的角色形象：喜爱自言自语的大学生、醒来就会失忆的侦探……千本樱文库会陆续为各位读者带来他们的故事。

千本樱文库编辑部

作 家
WRITER

鲇川哲也奖作家系列

- 相泽沙呼
- 城平京
- 芦边拓
- 柄刀一

梅菲斯特奖作家系列

- 西尾维新
- 井上真伪
- 天祢凉
- 殊能将之
- 木元哉多
- 北山猛邦

其他作家系列

- 乙一
- 三津田信三
- 仓知淳
- 深木章子
- 横关大
- 野崎惑

掟上今日子的内封面

序章

掟上今日子的逮捕剧

在从课长那里接到“去第四审讯室一趟”的命令那一刻，日怠井警部便有种不祥的预感——竟然会被派去关押“最棘手”嫌疑人的第四审讯室，要知道，他已经很久没有进过审讯室了。

太好了，终于有机会大显身手了——他可没这么想。

说到底，不单是千曲川署的第四审讯室，这里所有的审讯室他都无缘靠近，因为他不适合去嫌疑人的审讯室。

倒不是因为他不擅长审讯，而是因为太在行。

或许优秀也是一种错，所以才不适合吧。

他毫不谦虚地这么认为，也很清楚自己的处境。

当然，也可以将其理解为是一种自嘲。

这次会命他前往审讯室，是因为嫌疑人开始滔滔不绝地供述一些莫须有的罪名。尽管没有威胁恐吓的意思，但身形魁梧、面色严肃的日怠井警部，总能让审讯对象倍感压力。

有段时间他还被扣上了“冤罪制造机”的污名。

可即便如此，也不能玩忽职守（其实像日怠井警部这种身材魁梧的壮汉，只要柔声细语地一逼问，就能把嫌疑人吓得手足无措）。自打某件事后，日怠井警部再也没接到过审讯命令，即便是自己抓捕的嫌疑人也不例外。

没错，那是逮捕某个青年时发生的事情——那个青年身高与日怠井警部相仿，背部微微弓起，全程战战兢兢的，看起来十分可疑。但就在他即将被移送检察院的时候，某位侦探出面，三两下为他洗清了嫌疑。如此一来，也就坐实了日怠井警部误逮捕的事情。

不愧是人称办案最快的侦探——名侦探啊。

既非调侃，也非玩笑，而是为险些将无辜的年轻人送进检察院一事感到羞愧，日怠井警部自此无缘再靠近审讯室——那是不可能的。当时那个形迹可疑的青年确实是头号嫌疑人，从秉公执法这点来看，日怠井警部并没有错。现在也是。

既然是错误逮捕，不应该出来谢罪吗？日怠井警部需要面临的还有市民的责骂。但就像嫌疑人有权利保持沉默一样，警察也有权利保留对自己不利的证词——至少在侦探明确地出示“无罪证据”的那一刻，日怠井警部没有想过要抹除。

其实身为公务员，只要能做到按规矩办事就够了。

只是，因为这件事，日怠井警部有些萎靡不振——对待刑警工作的热情直线下降。说直白点，他已经厌烦了给侦探当陪衬的感觉。

就像是为了凸显某人的“舞台装置”……真是受够了。

警察总是忍气吞声的那一方。

在第一线处理案件，结果要被扣上渎职的污名，怎么想都不合理。而且拿的薪水与工作强度完全不成正比。既然如此，还不如一开始就把搜查工作全权交由侦探。

总之，日怠井警部有些自暴自弃。

上司兴许察觉到了这一点，为了不影响任务（或者顺便作为处分），才撤销了日怠井警部的审讯资格。

可今天却又突然指派他前往审讯室，那个课长到底在想什么？不管嫌疑人多难审问，把那个“冤罪制造机”派往审讯室，绝对不是明智之举。

算了。

去了就知道了。

虽然很不情愿，但日怠井警部也没有反感到想要拒绝。尽管已经决心不再涉足审讯，可毕竟是上级的意思，日怠井警部只好依照命令，去了第四审讯室。结果，确实是“去了就知道”。

刑警的直觉太准了。

要说为何会命他前去审讯，到了那里便一目了然。但眼下的状况反倒更让人摸不着头脑。

因为身体被捆绑着，坐在第四审讯室的椅子上的白发嫌疑人，正是害日怠井警部背上骂名的那个人——那个侦探！那个声名远扬的名侦探。

见日怠井警部走进审讯室，为表示欢迎，她笑眯眯地举起戴着厚重手铐的手，朝他挥了挥，并开始自我介绍。

“初次见面，你好，我是嫌疑人掟上今日子。”

第一章

掟上今日子的审讯室

1

初次见面，你好。

讽刺的是，听到这句话，日怠井警部才想起来，她并非普通侦探，也非一般的名侦探，而是一名忘却侦探——办案速度最快的忘却侦探。

不，因为是忘却侦探，才必须要快。

因为她每睡一觉，记忆就会被重置，不管是怎样的案件，都必须在一天内解决……这并非夸大其词的广告，日怠井警部确实亲眼看到她三两下就把案件解决了——可谓迅雷不及掩耳之势。

不过，确切地说，她只是证明了青年嫌疑人无罪，并没有帮忙锁定罪犯，解决整个案件……

当时她丢下一句“抓犯人的事情就交给日怠井警部了，我们各司其职吧”，撂下担子就走了……

看来她全都忘了，跟传言一样。

别说案件了，连日怠井警部这个人她也忘得一干二净。当然，虽然侦探中途跑了，日怠井警部还是尽责地抓到了案件的“真凶”，办案速度虽算不上飞快，但也算是正常范围的快。只是因为上述一些缘由，他没办法亲自审问。

结果，自那以后的第一个审讯对象，竟然就是那个断送我审讯生涯的忘却侦探。这到底是什么孽缘。

虽心有疑惑，日怠井警部并没有表露在脸上，仍旧装作面无表情的样子（虽然听说这个样子很恐怖），在忘却侦探对面的位置缓缓坐下，接着催促负责监视的警官回避。按规则来说，这是不允许的，但日怠井警部认为一对一审问效率更高，这是他一贯的作风。

经过那段时间，日怠井警部也沉稳了不少。虽说难得有机会重回审讯室，但他并没有打算改变自己的方式。反正从他回到审讯室那一刻起，或者说从嫌疑人是忘却侦探那一刻起，一切就不可能按照正常的轨迹发展。既然对方是办案最快的侦探，那审问也就简单多了。对此，日怠井警部没有什么不满。

“初次见面，你好，我叫日怠井，是这里的警部。”

日怠井警部也装作初次见面的样子，试探性地回打了声招呼。

“原来是警部先生啊，还要麻烦您亲自来审问，真是过意不去。”

忘却侦探带着爽朗的笑容回道。

镜片后的眼眸中不带有任何情感。

虽看似若无其事的样子，但如此近距离地面对日怠井警部，还能表现得如此泰然自若，这本身就不正常——虽然中间隔着桌子，但要换作胆小的人，哪怕是中年人，都会被这种距离感和压迫感吓到掉眼泪。

手铐和绳子没有松开的迹象，窗户也安装了防盗网，明明是光照条件较差的第四审讯室，她却像是坐在露天咖啡厅的椅子上一般，仪态十分优雅。

原来如此，这确实很“棘手”……即便是在“冤罪制造机”的生涯中，也从没有过这种经历。

但这并不是命他前往审讯室的理由，因为，他都不知道她为何被捕。如果非要找个理由，那只有一个，因为他曾与忘却侦探打过交道。

这就是他所谓的生涯。

日怠井警部叹了口气，调整好状态后，提出了第一个问题。

“今日子小姐，你知道自己为什么被捕吗？”

“不知道啊，我什么都不记得了。”

“也是。”

2

虽然很想盘问事情原委，可嫌疑人已经彻底忘记了“这个案件”，如此一来，也就无从审问。

不难想象在此之前，审问官与嫌疑人之间究竟上演了何等惨烈的对话……这简直比行使沉默权的嫌疑人还要难办。

拥有忘却权的嫌疑人。

不管怎样，现在至少清楚，她就是那个曾经在管辖区内帮助解决案件的侦探，而作为当事人的日怠井警部也因此被迫接手了这个棘手的案件——这一点，即便不是名侦探，也不难推理出来。

算了，意料之中。

但问题是，她（失忆状态的她）到底是以什么罪名，被关押在了这里……既然已经戴上了手铐，那就代表她并非重要参考人，而是已经被正式逮捕的状态，她到底涉嫌什么罪名？

再怎么着急，也应该先调查清楚情况再来这里吧……难道跟钱有关？

回想当时的情况，忘却侦探似乎是个非常爱钱的人，当时的嫌疑人（委托人）为了洗脱罪名，支付了高额的费用。

莫非是偷税？

日怠井警部当时就觉得纳闷了，既然忘却侦探隔天会忘记包括客户在内的所有业务内容，那她要如何缴税呢？可即便与忘却侦探打过交道，也不至于把偷税案件交给他处理——他毕竟是刑事部搜查一课的刑警。

这么说，是强行犯吗……因为她叫今日子小姐*。

不，其实这没什么好笑的，也不是多有趣的玩笑话。如果是在京都府，或许就板上钉钉了。

不管怎样，如此一来，除了嫌疑人是忘却侦探以外，最关键的问题是——曾经私下（而且搜查方式与警署完全相反）协助搜查的侦探，如今却作为恶性犯罪嫌疑人遭到逮捕。

光是这点，就免不了遭受世间的各种非难——媒体更是津津乐道，说不定还有可能旧事重提，曝光千曲川署曾经的丑闻。

如此一来，曾经被推上风口浪尖的冤罪警部又会再次被提起。虽然事到如今，自己的名誉已经不重要……但如果被指责说警署曾委托罪犯协助搜查，影响可就非同小可。而且私下协助的事实更会让事态恶化。

不过……现在只是被关押在审讯室，还没正式定罪呢……

这就是无罪推定原则，或者说疑罪从无原则。

只是，作为曾与忘却侦探打过交道的人，要单纯地相信她无罪太难……回想起当时的状况，今日子小姐从极其露骨的角度攻克案件，优雅而强硬的搜查手法，已经是在犯罪边缘试探。

非公开本身就意味着不合法。

---

* 因为京都方言的“今日子小姐”和日语的“强行犯”发音一样。——译者注

要是这么说的话，那世界基本就不存在不犯法的行为了……不管哪种行为，最后都会触犯到某条律法。

就在日怠井警部再三确认现状（法律的现状与自己的现状）期间，今日子小姐依然是一副笑眯眯的表情——神色无比沉稳，让人不禁怀疑，她是否还未认清自己当下的处境。

但是，绝对不能被这笑容蒙骗，笑容只是这个侦探的武器。

她是那种即便身处血淋淋的杀人现场，哪怕在错综复杂的人际关系中周旋，也依然能露出相同笑容的侦探。借用她的话就是——“反正到了明天都会忘记”，管它怪诞还是惨烈，都不足为惧。

如果她的神经（反应迟钝）已经强大到即便身处杀人现场或修罗场，都能保持平常心态。那就算被关押在封闭的审讯室，即使要面对日怠井警部严肃的面孔，也依然可以做到心无波澜。

有了“冤罪制造机”这个头衔，反倒轻松了不少，至少，在这次的案子里，嫌疑人不敢再胡乱供述一些莫须有的罪名。

“那我就不拐弯抹角了，先从一些基本的问起吧，今日子小姐，你现在还记得哪些事情呢？”

“从提问方式来看，日怠井警部似乎比我还更了解我呢。呵呵，莫非我们之前一起吃过饭或者查过案之类的？”

日怠井警部倒也希望双方只是一起吃过饭的关系。

今日子小姐没有直接回答他的问题，而是巧妙地岔开了话题——真是“棘手”。当然，别人提了问不一定就得回答。但人是一种爱解释的生物，一旦被提问，总会做出点回应。

“但是，警部大人会亲自来审问我这个失忆的嫌疑人，那说明我们只能是一起查过案的关系——而且是作为我的‘专家’，来到了第四审讯室。第四审讯室——呵呵。从刚刚来审问我的可爱刑警的反应来看，这里应该是关押棘手嫌疑人的地方吧？”

“……”

侦探的看家本领——“人物观察”吗？

通过一些微小的动作、简短的发言、自然流露的表情，对这里的情况进行分析，并且全部说中……如此一来，立场彻底反转。作为“有经验”的日怠井警部，这点程度的“见面礼”还能忍受，但此前坐在这里的那个“可爱刑警”怕是一刻也支撑不住吧。

毕竟只是为期一天的协助工作，从这点来看，有点像当一日署长的感觉，就算不是“专家”，至少，上司派我出面的判断是正确的……

“从你紧皱的眉头来看，我当时给你的印象应该不太好吧？真是抱歉，每到查案的时候，我总是会忽略礼节方面的东西，而我现在也忘得一干二净了，还请你不要放在心上。”

“哪里，你也没对我做什么失礼的事情。先不说这些，你能不能正面回答我的问题？今日子小姐，‘今天的你’还记得哪些事情呢？”

坚持不懈，同一个问题反复问，再三提醒，执拗地追问到底。

不仅仅是针对忘却侦探，这也是审讯的终极秘诀——首先，这不过是名侦探的伎俩，猜中这些事情本身没有多大意义。

她不过是在笑着刺激对手，借此打乱对方的思绪，不给对方反应的时间，趁机获取更多情报而已。既然如此，那日怠井警部在未做任何事先调查的情况下，直接赶到第四审讯室，未必就是一种唐突的做法。

至少不用担心搜查进展——己方的手牌被今日子小姐看穿。

“很不巧，我全都不记得了。如果非要说还记得什么，也就只有写在备忘录里的这句话。”

说着，今日子小姐把戴有手铐的双手放到桌上，转动左臂，卷起袖子，把用马克笔直接写在皮肤上的文字露了出来。

“我叫掟上今日子，25岁，侦探。记忆每天会被重置。”

对了，之前也见过来着……没想到会在审讯室再次看到这样的光景……

虽然被逮捕的嫌疑人禁止携带笔记本、手机之类的私人物品进入审讯室，但如果是写在皮肤上的文字，警员也没办法没收吧。

“我刚睡醒就莫名其妙被抓了，现在好不容易弄清楚自己是谁，但除此以外，真的什么都不记得了。”

“那你为何还表现得如此冷静？”

趁对方老实回答问题的时候，日怠井警部慎重地提出质疑……一旦措辞不当，很可能会被侦探抓住把柄。

不能再被她踩在脚下，那样还不如被污蔑为“渎职警官”。

“再怎么挣扎也是白费，反正睡一觉又会忘记。”

“你想说自己精神不正常吗……”

“不不，我想说，虽然我失忆了，但我是无辜的。我绝对可以保证。我刚刚也重申很多遍了，可那个可爱刑警根本不相信我。”

换谁都不敢相信吧。

不管是什么案件，嫌疑人忘记了案发时的情形，却又强调自己无罪，这本身就很矛盾。正常来说，如果失去记忆，一般人都会担心自己是否做过什么出格的事情。

当然，忘却侦探的“忘却”并不能与饮酒失忆相提并论……

实际上，如果这时候忘却侦探强调自己精神有问题，反倒会很难办。要不要对一个每天记忆重置的人追责，是一个十分难裁决的问题。

但从对方泰然自若的模样来看，她应该没有这方面的打算——但是，客观来说，既然她“隔天就会忘记所有事情”，那就不排除会犯下恶性案件的可能性。目前尚不能做任何定夺。

“你有证明自己无罪的证据吗？比如右手上写了‘我是无辜

的’之类的话……”

“那个……就能确认到的位置来看，没有其他备忘录了。”

看似一句平常的话语，但绝不能只听到表面的意思。她说“就能确认到的位置来看”，那代表，她并没有彻底检查全身。

“但我还是觉得自己是无辜的，我好歹是侦探，如果我真要犯罪，又怎能如此轻易被逮捕，我肯定会利用各种诡计，制造不在场的证明，设计成完美犯罪。”

“……”

故弄玄虚——也不能这么说。

对方说得如此笃定，作为“与忘却侦探打过交道的人”，日怠井警部反倒会觉得十分在理。

被逮捕这件事本身就是无罪证明，这种主张虽听起来有点破天荒，但却很有说服力。

当然，也不能光凭这点就无罪释放……

至少我所知道的“今日子小姐”不可能犯下那种足以被“可爱刑警”逮到的低级犯罪。

即便犯了罪，也不会留下证据……不可否认，日怠井警部的思维已经被忘却侦探带偏。她不动声色地把对话的主导权掌握到了自己手上。必须要夺回来。

“看来今日子小姐对自己的能力评价颇高啊。”

日怠井警部的语气中带着些许嘲讽的意味。然而今日子小姐却以比自己的头发还要苍白的语气反驳道："我这已经算低估自己了，你是我的'专家'，应该懂吧……"

"我也不是什么'专家'，不过是曾经与你打过交道而已。"

"打过交道？"今日子小姐重复道。

糟糕，又被套话了。

虽然被套出的内容并没有太大的意义，但这种行为本身，会影响到今后的"语言拉锯战"。

虽说实际并未被套出什么，却有种沦为劣势的感觉——心态其实很重要，就像曾经被忘却侦探"踩在脚底"时一样。

日怠井警部清了清嗓子，重新调整好状态。

"可你还是被捕了。你为什么不觉得是因为你的完美犯罪被识破了呢？就像你之前做的那样。"

"哎呀呀，非常新颖的见解。"

她"咯咯咯"地笑了起来，始终一副从容不迫的态度。

"但如果是那样的话，那出现在我面前的不应该是那位可爱刑警，而应该是经验丰富的名侦探。先不说身为'专家'，或者说'与我打过交道'的日怠井警部，至少我认为，那个对我一无所知的小年轻，不可能识破'忘却侦探的完美犯罪'。"

强词夺理，这也是侦探的拿手好戏。

通过有意无意地抬高自己，刺激对方自尊心的伎俩——比想象中还要难对付。

“今日子小姐，如果你不是犯人，那你觉得谁才是呢？”

日怠井警部的语气中夹杂着一丝呵责和不满，像是在故意找碴儿——正因如此，才容易让嫌疑人招供一些不存在的犯罪。

但是，今日子小姐却像是期待已久般。

“真不愧是日怠井警部，早就看穿了我的想法呢，我正打算跟你说呢。”

今日子小姐稍稍探出身子，做出即将要发言的态势——真是个讨厌的侦探。

因为被绑在了椅子上，说是探出身子，其实也只是微微前倾的程度。

“到底谁才是犯人呢？谁才是真正的犯人呢？如果是我，绝对能找出来——以最快的速度。”

“最快的速度……”

她是忘却侦探。任何案件都必须在一天内解决，办案堪称神速。

“你的意思是，要亲自证明自己的清白吗？”

就像曾经在日怠井警部面前为青年嫌疑人洗脱罪名那般，她这次要为自己力证清白吗？以名侦探的身份。

“嗯，希望你能告知我详细情况。”

今日子小姐顿了顿，后面还不忘加上这段话。

“接下来谈一下委托费用，也可以作为成功报酬——”

3

为证明自身清白的侦探行为索要委托费，而且还要求官方搜查机构、执法机关支付，她竟然能若无其事地提出这种荒唐要求。正如日怠井警部所了解的那样，今日子小姐依然是一副泰然自若的样子。

莫非她压根儿不知道“危机感”为何物？

不管怎样，现在是反驳的时候。

怎么可能接受这种要求？但如果在不清楚案件的详细情况下着手审问，很难有进一步突破。为了弄清她所说的无罪究竟有多少可信度，还是暂时离开第四审讯室，预览一遍案件报告比较好。

日怠井警部命令在走廊上等候的看守警官将嫌疑人带回拘留所。

“给她一个单独的房间，毕竟是侦探。如果和其他人共用房间，很可能会引发事端。”

毕竟是个受犯人憎恨的职业——况且她是忘却侦探，早就忘了被憎恨的事情。虽然在拘留所内，争执不至于演变成杀人事件，但还是要小心为上。

“务必慎重，虽说每隔一天记忆会重置，但那个侦探精通法律，搞不好会被抓住把柄。”

叮嘱完后，日怠井警部回到搜查一课所在的楼层，叫来被嫌疑人称作“可爱刑警”（总比被叫成“冤罪制造机”要好吧）的后辈，向他申请查阅案件报告。

一般自己负责的案件或者自己逮捕的嫌疑人，不会轻易转交给其他刑警，哪怕对方是前辈。但他却把还在整理的文件交了出来。不带一丝犹豫。

而且递交出来的那一瞬间，反倒松了口气——到底在第四审讯室经受了多少磨难，看起来筋疲力尽的样子？日怠井警部想到那就是自己未来的生活状态，一股无力感涌上心头，但他还是坐到座位上，翻开了报告。

“嫌疑人——掟上今日子，年龄——自称二十五岁，性别——女性，是否戴眼镜——是，职业——侦探、置手纸侦探事务所所长，出生日期——不详，出生地——不详，履历——不详。”

履历不详？

太意外了。

如果是记忆隔天会被重置的忘却侦探不记得自己的过去，倒还能理解。但官方机构调查不到任何相关信息这一点，十分反常。

岂止是忘却，连过去也一并被抹除，完全是白纸状态。

不仅是赏罚，连证件、护照的记录都没有。

仿佛是一个不存在的人物……而且报的年龄也不一定真实。照这样推测，那“掟上今日子”这个名字也不一定是真名。

完全是一份疑点重重的简介，丝毫没有可信度。

如果撇去她的侦探身份，还真没见过如此可疑的人物。为什么此前没有被捕记录？真是不可思议。或许这些“不明点”，严格来说，也属于违法状态。

我看看……

日怠井警部很纳闷，她是因为什么罪名被捕的呢？但他这点不合时宜的期待很快被掐灭。

某种意义上来说，在意料之中。

日怠井警部最初猜想的“金钱相关”问题，虽然没有完全命中，但也相差不远。只是，罪名不是逃税、诈骗，而是抢劫杀人。

抢劫杀人。

毋庸置疑的恶性犯罪，不可轻视。

为了钱财夺人性命，而且还被当场逮捕。越看越觉得，哪有清白可言，简直全是污点，今日子小姐的罪名几乎已经板上钉钉。

完全看不出存在其他犯人的可能性。

而且证据确凿，凶器上留有今日子小姐的指纹。

这根本不用拘留，完全可以依照程序，直接送检起诉吧——只是因为她忘了，犯人其实就是她本人吧？明明杀了人，还说要协助搜查（而且要收费），脸皮简直厚到让人觉得滑稽。但是，真的可以这样下定论吗……

日怠井警部有些犹豫。

他感到有一抹不安。不，应该说，一点不安。

如果名侦探要犯罪，绝对会利用诡计，设计成完美犯罪……虽然不能把今日子小姐的强词夺理完全当真，但这个案件中描述的恶性犯罪实在太过凶残，而且手段粗陋。

这哪里是完美犯罪，根本就是明晃晃地宣示犯人就是今日子小姐，不存在其他任何选项——正因如此，才显得不自然。

即便不是侦探，哪怕真是为了钱财行凶，多少也会做些掩盖吧——不可能有犯人故意制造出让所有疑点都指向自己的犯罪现场。

当然，如果是那种高傲的剧场型犯罪，倒有这个可能……

可罪名是抢劫杀人，怎么也跟那个挨不上边吧。

虽然听起来就像“正因为太过可疑，才更能证明不可疑”“因为是侦探，被逮捕就是最好的无罪证明”一样牵强——莫非名侦探中了别人的圈套了？这种念头在日怠井警部的脑中闪过。

该不会被栽赃陷害了吧？他总是会条件反射地从冤罪制造机的独有视角去思考问题。

或许这是侦探的仇家栽赃给她的罪名。若真是如此，那忘却侦探的优点一目了然。比如，没办法给出案发当时的不在场证明——因为忘记了。

最好趁她在拘留所睡着前，再去审问一遍比较好吧。不，照她那个状态，在那之前……

还是先问问“专家”的意见比较好。毕竟日怠井警部只是与她打过交道……而且，还发生了那种颠覆了刑警人生的惨痛事件，他不敢保证自己能对她做出客观的判断。多少会掺杂一些个人感情。

为避免产生新的冤罪，或者说，为了以防万一，还是请教一下冤罪受害者比较好——那个形迹可疑的青年好像是置手纸侦探事务所的常客。

也就是冤罪专家，如此说来，那也算是——忘却侦探专家。

名字好像是叫……没错……叫隐馆厄介。

4

就这样，我被卷入到了这个案件中。

第二章 隐馆厄介的今日子讲义

1

说实话，我十分不情愿见那个误逮捕我的警官。现在的心情谈不上半点兴奋，更多的是紧张，心跳快到无法呼吸。毕竟曾差点因不实之罪被起诉，会感到害怕也是理所当然。自打确认误逮捕后，他对我怀有的恶意有增无减……而且丝毫不加掩饰。

不知是否有意为之，在审讯室，他时而是位亲切的“人情派”刑警，时而是位保护我不受其他刑警为难的“人权派”刑警。但自打我喊出“请把侦探叫来”的魔法标语，经过名侦探快刀斩乱麻般的神速推理，证明我无罪后，他对我的态度发生了一百八十度大转变——将我视为了“敌人”。

虽然在我看来十分不合理，但仔细想想，也能理解他们的心情，并非不可理喻。

人在宣扬自己的主张或是正义的时候，难免会变得充满攻击性，如果这时候有人站出来指出他的错误，威胁到他的立场，那将会最大限度地激发他的攻击性；像我这种冤罪受害者，在警察看来，或许是损害国家权力的威严，比罪犯还要令人憎恶的存在。

这是何等的讽刺。

虽然听起来很像一则寓言故事，但我并没有从中得到教训。

即便如此，我还是决定去见日怠井警部。理由自不必说，因为我接到了今日子小姐被捕的冲击性速报——这消息实在太过震惊，我下意识地停下了习以为常的编写求职简历的动作。

每次被误逮捕的时候，或者每次被误当成犯人的时候，我都会大喊“请把侦探叫来”。这次终于换成今日子小姐向我求助——我可没有这种幸灾乐祸的想法，我的思想并没有那么偏激。

今日子小姐的记忆只有一天。

被逮捕时的今日子小姐早就忘记了我这个老客户。

“我希望你能以忘却侦探专家的身份，配合我调查一些事情。”

他是这么说的。

呵呵呵。

如果是为这事，那找我确实是明智之举。因为我可是委托今日子小姐次数最多的客户。

当然，这不是什么值得炫耀的事情。

忘却侦探被逮捕了。

听到这消息，我的第一反应是：“怎么可能！唯独今日子小姐绝对不可能！这肯定是冤罪！”但回过头来想想，还不能轻易下定论。虽然今日子小姐是我的恩人，但至今为止，我见过不少名侦探一步步指证“最没有嫌疑的人”为真正罪犯的场面。

反过来说，“意料之外的犯人”什么的，对我来说已经不是什么稀奇事了。“侦探=犯人”这种方程式岂止是古典学识，完全就是古代文明。所以，出于信任今日子小姐，我必须要面见日怠井警部，问清楚一些事情。总之，要先了解清楚事情的原委。

至于日怠井警部……不同于忘却侦探，我记得很清楚，他好像被外界冠上了“冤罪制造机”之类的污名。

没错，对于曾遭遇过数百次冤罪经历的我（有点夸张，其实也就一百多次）来说，如果非要说有什么可取之处，也就只有不管被怎么怀疑，都拼死不认罪这一点了。但唯独面对日怠井警部的时候，我差点低头认罪，险些招供不存在的罪名。

毕竟我很少见到比自己还高的日本人——不，论身高，我应该比他还高一些，但我身型瘦弱，而他身型魁梧，像是穿了件肌肉布偶装。

不，应该说粗壮更合适。完全就是格斗家的身型。

在他面前，相比诚实，我更想优先保证自己当下的安全……为了不惹怒他，或者说为了讨好他，我尽量说一些他希望听到的“事实”。

那是一种记忆犹新，无论如何都无法从记忆中抹除的恐怖经历……然而，如此有震慑力的他，当时却在我叫来的名侦探面前，显露出了怯意。

或许他只是身型魁梧了点（还有，脸也长得很恐怖），其实并不是坏人……话说回来，不管他是好是坏，正如先前所述，我是“误逮捕的直接证人”，就像我不情愿见他一样，他也一定不想再见到我吧。如今他却主动提出要见我，光从这点来看，事情一定不简单。

说不定，他怀疑我是共犯。

其实我并没有认真思考过这种可能性，但我还是把会面地点选在了作为安全的第三地点的家庭餐厅，而不是日怠井警部工作地所在的警署（说不定我一进去就会被逮捕，而且那里是维护治安的机构，对我来说，是“敌对区域”），更不是我居住的公寓（说不定会对我进行住宅搜查，搜出一些意外的可疑物件）。

虽然我很清楚，这种有被害妄想倾向的警惕行为，反倒会让自己显得可疑。

2

久违地与日怠井警部再次会面，当然，我们之间不可能出现击掌、拥抱之类的戏剧性场面……冤罪制造机刑警与冤罪体质求职者带着些许尴尬和生分，坐到了同一张桌子前。

我的内心十分惶恐。两个神色严肃，看似难以靠近的巨汉隔着桌子相对而坐，气氛平和的店内顿时嘈杂起来。

刚好到了吃晚饭的时间，我们各自点了一些食物。我本来打算只点主厨推荐的菜单，谁知最后不小心选了猪排盖饭，对方会不会觉得我不给面子——顺便说下，日怠井警部点的是无糖餐食。然后，终于进入正题。

然而，日怠井警部有意回避问题，并没有告诉我今日子小姐被捕的详细经过。我本来就是为此而来，可他却只字不提。

“这是‘搜查方面的机密’，也涉及被害人的隐私。”

这么说也能理解，可我只是想了解一点情况，他没理由什么都不告诉我吧。

这里又不是审讯室。

我可不想全程单方面地回答他的问题。

所以我们已经没什么可谈的了，我要回去。但我也不至于暴躁到马上拍屁股走人。

我记得电视上好像把这种情况比喻为“游戏理论”还是“行为经济学思维”来着？

A和B要瓜分一千美元现金。如何瓜分由A决定，但B有权否决A的决定。如果B不认可瓜分计划，那A和B都无法从中获取分毫财产——也就是说，A必须要提出一个能获得B认可的瓜分计划。

那么，这时候，A会如何分配这笔钱财呢？

如果是像我这种软弱的人充当A，为避免B坏事，为讨好对方，我说不定会提议四六分，甚至是三七分，哪怕我鼓足勇气，顶多也只敢提议五五分吧。

但是，这种时候的正解是999：1。说得更极端点，分给B一美分都无所谓。

因为不管B有多不满，如果他提出反对，那自己分毫都得不到。如此一来，就算是一点小钱，从得失层面来考虑，老实接受A提出的方案才是明智之选。所以，A不需要妥协。

但放到现实，如果A真提出999：1这种不公平的分配方案，B恐怕会加以否决吧。相比眼前的利益，“被小瞧”的愤怒和“如果这次接受，今后会不断重蹈覆辙”的未雨绸缪会占据主导思维。B不会为了区区一美分而妥协。

犯人的二难推理也是如此，不过是纸上谈兵而已……但是，多次救我于水火的恩人如今沦为囚犯，眼下我只能优先眼前的利益。两人分蛋糕的时候，A负责切，B先选才是正解——但这种正统派理论根本派不上任何用场。

就算基本是单方面回答问题，说不定也能从中挖掘到些许有用情报。我只能把赌注压在这微小的可能性上……还是放弃“如果自己是A”这种无谓的妄想，老实地扮演好B的角色吧。

“明白了，日怠井警部。但是，至少要告诉我今日子小姐被捕的罪状吧？否则，就算我是忘却侦探专家，也没办法给出中肯的评价啊。”

“嗯……”

日怠井警部陷入沉思。

也许，我在他眼里就是个烦人的家伙……或者说，是个厚脸皮、故意摆出专家的架势、让人感到厌烦的人。

“明白了。但是，隐馆先生，这次的事情，你一定要保密。毕竟我约见你……并不是明智之举。”

说来也是。

误逮捕的执行者与被害人同进晚餐什么的，要是让外人知道，又会进行何种揣测呢？不用想也知道……搞不好还会在世间引起轩然大波。不光是我，日怠井警部也不希望在警署或者我的住处会面吧。

但是，我这番夹杂着些许自保意味的认知还是有些天真……事态比我想象中要严重得多，绝对不是耍耍小聪明就能解决的。

“今日子小姐是因杀人嫌疑被捕的。”

日怠井警部探出身子，在我耳边说道……两个壮汉窃窃私语的场面，在周围的客人看来，一定很滑稽吧。岂止如此，在愉快的晚餐时间撞见此般怪异光景，无异于酷刑。但是，即便如此，我们也不能堂而皇之地大声交谈。

杀人？杀人嫌疑？

不是逃税、贪污、贿赂、诈骗，而是杀人？

简直是令人毛骨悚然的罪状。

曾被冠以数种冤罪，完全有资格以“冤罪大师”自居的我，此刻却有种被今日子小姐瞬间赶超的感觉——不过，今日子小姐也不一定是冤罪。

“听说她被逮捕，我还以为肯定是跟钱有关的罪名……”

“嗯，我开始也这么认为。”

我们的想法不谋而合。不过，换谁都会这么想吧，我难掩内心的动摇，拼命驱动大脑。

今日子小姐杀人了？

这怎么可能？

不，必须要时刻谨记，侦探不一定就不会参与犯罪，就像刑警不一定就是好人一样。或者说，就像冤罪受害者不一定就是圣人君子一样。

令人悲痛的是，侦探杀人的事件早有先例，而且不在少数。

如果在查案现场，被定罪的犯人自主选择死刑——这种情况本有酌情减刑的余地，但仍以“正义”之名坚持“处死”犯人的侦探不胜枚举。

犯人就该处死吗？或者说，恶人就该处死吗？

这个问题是有关人类死刑制度的敏感课题，不是推理文可以随便拿来讨论的，但正如窥探到深渊的人也被深渊窥视着那般，推理杀人事件的侦探时常近距离接触杀人也是不争的事实。

虽然作为职业侦探的掟上今日子基本没有处决犯人的倾向，但我这个忘却侦探常客并不能保证百分之百了解她。万一她掩藏心底的正义感突然暴走，最后发展成杀人事件，这也不是没有可能的。

“顺便说下，是抢劫杀人。”

“抢……抢劫杀人？”

在晚餐时段的家庭餐厅内，我下意识地大声喊道。

我慌忙补充了一句“山羊之钞？传说中的假钞吗”，借此敷衍过去。*

日怠井警部当即发挥出资深刑警的应变速度，即兴配合道：“没错，传言比真钞还真。”看起来活像两个壮汉经典动漫迷，但总好过被人发现是冤罪制造机与冤罪体质者。

不过，如果真是假钞事件，倒还更符合今日子小姐的作风，奈何偏偏是抢劫杀人……也太会挑了吧，简直令人大跌眼镜。

---

* 山羊之钞出自《鲁邦三世:卡里奥斯特罗之城》，与“抢劫杀人”的日文发音相近。——译者注

这已经不单是事务所所长行为不端，或是名侦探缺乏正义感的问题，而是恶性犯罪。

“抢劫杀人……那最少也是无期徒刑吧……”

“隐馆先生对刑法很有研究啊。”

哎呀，开始怀疑起我来了。这可不行，我可不想这样。

我只是为了避免被冠上冤罪，稍微读了一下《六法全书》而已……

“抢劫杀人也算是与金钱有关的犯罪吧……”日怠井警部轻声嘀咕道。

如此说来，确实也在理，但这罪状实在与今日子小姐沉稳的性格相去甚远……不过，她并不像表面这般淑女，这也是不争的事实。

正如纸张有正反面，任何人都存在双面性格。

对于这一点，我从至今为止的冤罪生活中深有体会。我找不到任何能将今日子小姐列入例外范畴的理由。相比“隐藏在心底的正义感”，倒更有人情味。

但是，有一点让我很在意。

前面也说过了，既然是抢劫杀人，那毫无疑问是恶性犯罪。新闻自然也会有所报道。从日怠井警部的言辞来看，很难推断出事件发生的日期，不过应该就是最近或者今天发生的事情……但是，这种恶性犯罪却没有在报纸、电视台或者网上引发轩然大波。

作为有可能在任何时间、任何地点，以任何方式，从任何新奇的角度被冠上冤罪的当事人，我时常会关注一些犯罪报道（就像研究《六法全书》一样——如果我这么说，肯定又会引起日怠井警部的怀疑）。至少，我没有在任何新闻版面上看到“名侦探因抢劫杀人被捕”之类的醒目标题。

莫非被限制报道了？说到底，只要警察不对外公布，事件就无法公开报道……

“也不算是限制报道，我只是私自决定暂时把这个案子压下来……毕竟之前发生过那种事情。”

日怠井警部表达得十分含糊，说白了就是不希望“曾经协助解决管辖区案件的名侦探，如今作为凶恶罪犯被捕”这种新闻以奇怪的形式散播出去吧。

嗯。

说得严重点，这也是一种隐秘性的自保吧，从组织防卫的角度来看，做此决策也在情理之中。万一报道过激，演变成恶性案件，届时殃及的恐怕不只是日怠井警部所在的警署。

毕竟今日子小姐一直在协助全国各地的警署办案……对置手纸侦探事务所来说，整个警察机关算得上足以与隐馆厄介匹敌的常客。

暗中协助警察的名侦探竟然是个凶残的杀人犯，这可是绝对不允许出现的丑闻，否则她此前协助侦破的案件（包括隐馆厄介案件在内）都必须要重审。

必须要万分谨慎地应对。

某种意义上，这不光是警察的丑闻，事态要比这严重得多。

而且，他强调是“私自决定”，但其实是整个搜查一课乃至署里的意思吧，这一点就算是没有推理能力的我，也能想到。

他背负了太多东西。

这不叫责任感强，只是单纯的不善推辞吧。我初次对这个曾误逮捕自己的警部产生了好感。

不过，实际是他多虑了。如果他是为此向我讨教“倾向与对策”，那完全就是杞人忧天。

因为，今日子小姐是忘却侦探。

让外界知晓她私下协助搜查的事情确实不妙，但任何地方都查不到她协助搜查的记录。

缺乏足够证据。

即便听闻民间侦探曾接到过警察的秘密委托……但任凭外界如何取证，不管是多么厉害的媒体，都没办法证实。

根本无须担心，只要装作从没发生过就行了。

但是，对方是警察，我没办法用这种话去宽慰日怠井警部，帮他卸下肩上的重担。

或许有人会骂我没有履行市民的义务，但我说不出“没事哦，继续走程序，把今日子小姐移交给检察院吧”这种话。

虽然有些对不住特意前来向我寻求建议的日怠井警部，但即便今日子小姐是凶恶罪犯，我也会站在她那边。至少在弄清楚事情真相之前。

虽然我对今日子小姐称不上完全了解，没办法坚定地相信她无罪。但她是我不可替代的恩人，这一点是无论如何都无法改变的。

话说回来，就算我不提醒，早晚也会有人察觉到吧——纵观日本，没有哪个警官能有我一半了解今日子小姐。希望在那之前继续维持限制报道的状态。

不过，暂且不论限制报道的事，有件事我必须要弄清楚，哪怕涉及搜查上的机密——也就是我最想要问的问题。刚刚受“抢劫杀人”这四个字的冲击，迟迟没回过神来。

“那个，是否认罪……不对，今日子小姐承认了抢劫杀人的罪名吗？审讯进展到哪一步了？”

平民使用专业术语只会让自己更加可疑，我连忙换了个简单的表达方式，向日怠井警部询问道。

对于我的提问，日怠井警部显得有些犹豫，摆出“警方尚未确认”的惯有架势，回答了我的问题。

“她完全否认自己的罪行，态度沉稳而坚决。”

从以往接触的经验来看，多少能猜到一些。不过，意外地有种身陷卡里奥斯特罗城游戏*的错觉。

“因为是现行犯，按理没有否认的余地，但本人表示‘如果我真要犯罪，绝对会设计成完美犯罪，我被捕的事实就已经是最好的无罪证明’。”

“哎……”

这话非常符合今日子小姐的性格。

胆大包天，目中无人。

原本还担心她会不会像我一样，在审讯室慢慢被消磨精力。看来我的担心是多余的——疲惫的是日怠井警部。

虽然他没有细说，但从今日子小姐的言辞来看，她应该已经忘记了案发当时的情形。加上日怠井警部不小心透露的“现行犯”一事，大致能推测出，今日子小姐是睡醒后被捕的……嗯。

“这正是我想问的，这时候，她说的‘因为是侦探，被逮捕就是最好的无罪证明’这句话有多少可信度？”

日怠井警部的表情十分严肃。这简直是个让人想发笑的怪异提问，不过，又跟“侦探是正义的一方，不可能会成为罪犯”这种刻板的台词存在些许差异。

* 出自动画片《鲁邦三世：卡里奥斯特罗之城》。——译者注

“嗯……”

即便公开忘却侦探被捕的事情，她与警察机关暗中合作的事情也不会暴露——可能因为有些后悔没告诉他这些，我陷入沉思……这时候绝对不能随便敷衍。

作为忘却侦探专家，作为一个人。

“我不知道这样算不算是回答你的问题……就常识而言，如果要问我名侦探有没有可能设计完美犯罪，我觉得不可能。即便存在‘法律无法惩戒的恶行’，也不可能有什么完美犯罪，这是我的见解。”

“……”

“当然，或许存在实现完美犯罪的名侦探，但今日子小姐只是最快的侦探，并非万能侦探，有些事情不是她能做到的。但是……”因为心存犹豫，我边思考边组织起语言，“可以确定的是，抢劫杀人这种犯罪，一点也不符合今日子小姐的作风。”

“不符合名侦探的作风？”

“不，跟名侦探无关，我的意思是，即便这次的罪行与金钱有关，也完全不符合今日子小姐的行事风格……虽然我也说不清楚。”

结果，我所阐述的观点，几乎可以用“唯独今日子小姐不可能犯罪”来概括。

可我明明想说的是，即便是以金钱为目的，犯下冲动或者暴力型杀人案件。如果是今日子小姐，绝对会变成其他罪名，这才是我要强调的重点啊……

不过，这种难以传达的主观性回答，似乎正是日怠井警部所期待的答案，他心领神会地用力点点头。

“详细情况不方便告诉你，不过，这是一起极其粗陋的犯罪。非常不符合今日子小姐职业侦探的身份……通过和你交谈，我也察觉到了这点。虽然我没办法正式采纳‘因为是名侦探，被捕等同于误逮捕’这种荒唐的理由，但你的观点十分可信。”

“抬……抬举了。”

我的观点同样没办法正式采纳。而且，如果是单纯地为尸体穿上华丽的礼服，将犯罪现场装点得无比清新，这完全不符合今日子小姐的行事风格。

根本说不通。

本人的反驳可以简单地理解为“只是忘记了犯罪的事情”。

“那我再问你一个问题。”

听到这句话，我习惯性地准备陈述自己的不在场证明。当然，对方要问的并不是这个。

“忘却侦探之前有被人陷害过吗？比如——被真凶栽赃罪名，或者捏造一些不存在的罪名之类的。”

嗯。说到这个，该轮到冤罪解说员（而非忘却侦探专家）隐馆厄介登场了。

今日子小姐之前也确实遇到过类似的情况。毕竟侦探是一个容易与人结仇的职业，有些犯人为了阻止名侦探发挥推理才能，抢先栽赃陷害，让对方闭嘴。

但是，据我所知，还从没有被捕的情况。今日子小姐一直都能轻松地避开所有陷阱和冤罪。

问题也出在这里。

如果今日子小姐是受人陷害，导致被捕，那又存在一个问题——名侦探不可能如此轻易上当。如果按这个思路推测，只能有两种可能性……一种是今日子小姐没有被陷害，真正的犯人就是她自己，所以才会被捕。

正常来说，只能这么想。还有一种是略显牵强的个人推断……不是作为忘却侦探专家的推论，更多是今日子小姐视角的见解。

“有过明知是陷阱，还故意往里跳的先例。”

“故意上当……”

日怠井警部露出讶异的神情。

“为了解决案件，故意被捕。这做法十分符合今日子小姐的风格。洒脱、个性、疯狂。”我继续说道，“俗话说，不入虎穴焉得虎子。今日子小姐有可能为了获得案件的情报，所以没有逃跑，作为现行犯被警方逮捕。日怠井警部，你在审问今日子小姐的时候，有没有听她说过‘想协助查案’之类的话？”

“……”

看来说过了。

作为忘却侦探专家，如果我没猜错的话，今日子小姐一定还索要了委托费吧。

3

日怠井警部与隐馆道别后，立马回到了警署。

第三章 掟上今日子的拘留所

1

日怠井警部愤愤地朝千曲川署的地下拘留所走去。

通过与曾经误逮捕的嫌疑人隐馆厄介的交谈，这次收获颇多。介于过去的经历，这次的会面对双方来说谈不上愉快，但好歹有所收获，至少日怠井警部是这么认为的。

那个青年依然是一副战战兢兢、举止可疑的模样，但谈到忘却侦探的时候，却思路清晰，谈吐自如。

这是最让人觉得可疑的一点。

听闻青年失业的那一刻，即便是冤罪制造机，也难免会感到内疚。不过他眼下的状态似乎与日怠井警部的误逮捕没有关系——据说那之后他又被冤枉了数次，所以才频繁更换工作。

但即便不是直接原因，也算得上是间接原因。日怠井警部尽量保持柔和的态度，还主动付了饭钱——这属于非报销范畴的费用，需要自掏腰包，不过作为获取情报的报酬，已经算是非常便宜了。

但是，虽然“忘却侦探专家”分析的可能性十分有用，可还是让人觉得不爽。那是日怠井警部绝对无法容忍的可能性。

为了参与查案，故意被捕？为了获得自己早已忘记的案件的情报，故意被戴上手铐？

如果是真的，那简直太荒唐了。

不去教训她一顿，气就没法消……自从远离审讯室后，日怠井警部就一直过着颓废的刑警生活。这次的事情，似乎又让他重拾了干劲。

不，应该说，是火上浇油。

总之，他现在怒不可遏……这根本就是对刑事案件搜查的莫大侮辱。

当然，她本人或许并没有这个意思。为了弄清忘却案件的概要，或者为了洗清自身的嫌疑，她只是选择了最有效的合理手段而已。

但这完全就是玩弄刑警的行为——就像曾经那样，在一旁默默推进案件，充当陪衬的角色——这让人无法忍受。

如果能解决案件，换谁来都无所谓，即便是普通人，也毫无异议。无所谓会不会被抢功，自己早已退出了这场战斗。

可是，为什么那个侦探让我如此心神不宁，甚至有些烦躁？

实在不擅长应对隐馆这种憨直的信奉者，要是能习惯，反倒轻松了。

不，或许我们态度恰好呈正反面的关系。

他也一定有自己的难处。

正因为双方的态度如同一张纸的正反面，才会在关键时刻出现致命的理解差。不过，日怠井警部去地下拘留所不仅仅是为了狠狠地训斥忘却侦探。

在与隐馆的对话中，有一段意味深长的内容——虽然只是信奉者的个人感觉，或者说，只是一种假说。

日怠井警部谨慎地筛选情报，把“忘却侦探在左臂上留有备忘录，那似乎是她目前唯一确认的个人资料”的审讯情况告诉青年后。

“可能不止那些吧。”隐馆以略显畏缩的姿态，笃定地说道，“除了这些个人资料，她身上肯定还留有其他情报。或者说还留有线索、提示之类的东西。她时常会给自己留一手……既然她会主动露出左臂上的备忘录，那表示，肯定还藏有其他情报。”

“这么说，她身上还藏有其他备忘录？”

日怠井警部早就考虑过这种可能性。但隐馆苦恼地抱起手臂。

“应该说，曾经有过。

“被关押进拘留所后，必须要面临换衣服的问题，为避免被警察看到，她肯定会消除左臂备忘录以外的情报吧……既然有‘绝对无法擦除的魔术笔’，那自然也存在‘能够擦除的魔术笔’。

“即便曾经还存在其他备忘录，如今也只有今日子小姐自己知道。”专家如此断言。

既然如此，那必须要在今天之内问个清楚。

没办法再等到明天。

日怠井警部确实焦急，而且一到明天，忘却侦探的记忆又会被重置……虽然委托嫌疑人协助查案有些荒唐，但这些情报十分关键，无论如何也要弄清楚。

说不定那些备忘录是能够证明她有罪的“证据”，到时要她招供也就容易了……

但是，隐馆还这样说过：“也许对日怠井警部来说，有些难以接受，不过我还是建议你破点费，早点接受今日子小姐的协助……这样就能充分利用七十二小时的看押时间，弄清楚事情的真相。”

言外之意就是——你现在看押的可是办案最快的侦探兼嫌疑人。

即便日怠井警部没有动怒，也不会接受这种交易，大不了把看押时间延长到二十三天，用这五百五十二个小时慢慢查。

不——还是不行，对方可是每睡一觉记忆就会重置的忘却侦探，即便不眠不休，七十二小时也已经是极限。

要是连审讯内容都忘记，那可就伤脑筋了，到时会一筹莫展。时间限制等同于一个限时点火装置。

既然如此，必须分秒必争。不知不觉间，日怠井警部来到了拘留所的单独审讯室内。为避免与其他嫌疑人产生不必要的摩擦，这次把今日子小姐带到了这间原本用于隔离危险嫌疑分子的铁格栅房间内。

而且外部戒备森严，日怠井警部要靠近房间，还得经过一系列的手续。所以，隐馆最后补充的忠告，根本就是杞人忧天。

“如果你不接受协助查案的委托，今日子小姐就算越狱，也会查明真相。劝你还是要多加小心，别逼她做出这种选择。”

虽然从拘留所逃跑算不上是越狱，不过隐馆似乎很担心这种可能性。

简直愚蠢至极。

就算是名侦探，也不可能轻易从铁格栅密室内逃脱，若真能做到，那就不是名侦探，而是魔术师了。

总之，结束一系列的烦琐手续后，在看守员的带领下，日怠井警部沿着走廊，朝今日子小姐所在的房间走去。四周围着铁格栅的沉闷空间内，能清楚地看到她的身影。

“欸？”

眼前的光景令日怠井警部哑然。

2

她确实按照规定换了衣服……但并不是嫌疑人平时穿的那种普通连身衣裤，而是时髦的百褶短裙搭配宽松的短袖运动衫。虽然穿着十分简单，但一点也不像是拘留所里的装束。而且此刻的今日子小姐正坐在房间的床上看着书。

看书？这书还有衣服，是谁给她的？

日怠井警部瞪向给自己带路的看守员。

“书……书是我给她的。”

看守员连忙主动坦白——冤罪制造机的威力奏效了（没想到连同僚都会吓到主动坦白），他多少会有些内疚吧。

“不是，那个，我本来是要向她说明拘留所的规则的，不知怎么的，就变成要帮她准备衣服……听说她是名侦探，本打算跟她聊聊推理的事情，不知怎么就变成去附近书店帮她买书……”

什么情况？怎么就莫名其妙做了这些？莫非她使用了催眠术？

看来事态比想象中要严峻……看守员完全被她玩弄于股掌。日怠井警部将视线挪到被关押的侦探身上。她刚好也读完一个章节，夹上书签，合上了书本。

“须永老师的书果然能洗涤心灵。”

今日子小姐自顾自地嘀咕完，这才察觉到有人靠近，看向这边：“哎呀，日怠井警部。”朝他递来毫无感情的笑容。

岂止是洗涤心灵，这侦探都快给看守员洗脑了。日怠井警部下意识地提高警惕，愤怒的情绪也迅速平息了下来。

“接下来要开始审问吗？还是说，要提出委托？”

看样子她压根儿没把这当成拘留所，这间铁格栅密室反倒像是置手纸侦探事务所的分馆，她的语气间夹杂着挑衅的意味。

糟糕！日怠井警部有预感，照这样下去，他会“不知不觉地”向今日子小姐提出委托。为了避开她的目光，日怠井警部再次看向看守员，问道：“那些衣服也是你准备的？不过看起来不像是男人选的。”

“嗯，那是换衣服时，负责搜身的女警官准备的……”

“我想也是，不过，且不说书的事情，那衣服完全违反了拘留所的规定吧，不管是谁干的，到时都免不了受罚。”

“不、不是的，这是特殊情况下的紧急应对措施。拘留所仓库里的女囚服，不知被谁洒上了咖啡，全都湿透了，所以只能用其他衣服代替。”

湿了？全部？

怎么回事？

日怠井警部的大脑一片混乱，眼下他只能想出一种可能性……

传言时髦的侦探今日子小姐“同件衣服绝对不会穿两次”。也就是说，千曲川署存在一股势力，在暗中帮助她避免穿上朴素的连体囚服。而且不止一两个。

是像隐馆厄介那样的信奉者……

忘却侦探的粉丝。

虽然不确定帮侦探准备衣物的女警官是否为其中一员。但是，且不论是否曾一起查过案，署内认识忘却侦探的肯定不止日怠井警部一人……而且，对她抱有复杂情感的日怠井警部，应该属于少数派吧。

虽然上司判断整个刑警部只有日怠井警部与她有过交集，但实际怎样谁也不知道……不行不行，不能再疑神疑鬼。即便署内有忘却侦探的同伙，顶多也只是为了让她的拘留生活过得舒坦点的“信奉者”而已……隐馆所说的“越狱”太不现实，不可能会有那种玩忽职守的警官。

今日子小姐只是故意打扮得漂漂亮亮，假装若无其事地看书，借此向日怠井警部施压吧。完全就是明晃晃地催他提出委托啊，可不能让她得逞。

这反倒燃起了日怠井警部的斗志，他再次怒上心头。

“搜身的时候，那个女警官有什么发现吗？”

“啊？没听说呢……只有左臂上写了自我介绍还是ID之类的文

字，除此之外……”

嗯。

果然就算其他地方留有备忘录，也早被她消除了……不，隐馆所说的不过是推测。反过来说，如果负责检查的人是今日子小姐的信奉者，那检查结果就不可信。

即便没有隐瞒包庇，也有可能酌情放水。既然如此，那就只有从嫌疑人本人下手了。

“明白了，回你自己的岗位吧。”

“啊，欸，可是……”

看守员本想极力地解释什么，但被日怠井警部怒目一瞪后，连忙乖乖地交出房间钥匙，把牢房的密码悄声告诉他后，逃也似的离开了现场……看到此般光景，今日子小姐若无其事地挖苦道：“欺负年轻人可不好哦。”

“看来你很擅长揣测人心啊。”

日怠井警部以讽刺的语气说着，朝铁格栅靠近了几步。

“你误会我了，看来日怠井警部很讨厌我啊。”

忘却侦探神色淡然地耸了耸肩。

“你可不是那种害怕被讨厌的人吧……”

“呵呵呵，彼此彼此吧。你这类人最棘手了。”

“……”

最棘手吗？那确实是彼此彼此。

铁格栅里的白发侦探比往常更目中无人，但或许这种态度，恰是她策略的一部分。

“不过也是我最喜欢的。”

这一点双方的意见永远不可能一致。

岂能轻易上当。

“玩笑话就到此为止吧。”

“我并没有在开玩笑啊。”

日怠井警部没有理会装傻充愣的今日子小姐，他走到紧挨着铁格栅的位置，停下脚步。

虽然早知道警署的地下设有这种戒备森严的密室，但初次近距离地打量才发现，这里简直令人毛骨悚然，终于理解隐馆为何要将此形容为“监狱”了。

不过他当时还没到被关入地下密室的地步，多亏最快侦探的帮助。

“你在这儿待着舒服就好。”

说着，日怠井警部隔着铁格栅打量起今日子小姐的着装。尽管这身衣服与拘留所的环境有些格格不入，但并没有皮带、腰带之类的配饰，也没有特别亮眼的饰品。总之，还算勉强符合规定。

反过来说，这也算是在打擦边球。尽管深谙人心，但她并不想给“年轻警官们”增添太多麻烦，或许这也是忘却侦探的一种善意?

“嗯，这里挺舒服的，我都不想走了，甚至想住上个二十三天。”

“……”

今日子小姐以若无其事的语气套起话来……日怠井警部怒上心头的时候确实这么想过，这一点他无以反驳。

不过，她未免也太从容了。

除了衣服和书，整个人散发出的气场完全不像是身处拘留所，倒像在自己房间一样安逸。白天在第四审讯室的时候也是如此……这人到底什么脑回路?

若是换作普通人被拘留，光是被没收手机就已经够让他焦躁不安的了……

“嗯，不过，因为是忘却侦探，身边不会带智能手机之类的。”

虽然知晓世间存在这种附带记录功能的设备，但她从不使用。所以，自然不会有被没收“部分大脑”的不安感。加上她的记忆每天会被重置，没收大脑这种事情已经是家常便饭。

“岂止是二十三天，你应该在监狱里生活过很多年吧？只是你忘了而已，不然，怎么会如此镇定自若？”

“或许吧，也有可能。”

“不管怎样，想在这里长住是不可能的，这里可不是酒店。如果你非要待，建议去监狱。”

“谢谢你的建议，不过，我家还有个年幼的女儿等着我回去呢。”

看来今日子小姐打算一直瞎扯下去。既然她有意回避正题，那日怠井警部也有办法。

“日怠井警部，不介意的话，待会儿一起吃晚饭吧？刚刚那位年轻警官答应了帮我去百货商店地下的名店带便当呢。”

这是哪门子约定！好不容易支开了那家伙，没想到还答应了这种事情。

无视今日子小姐的邀请，日怠井警部蹲下来，说道：“我见了一个很了解你的人，还跟他谈了话。”

没错，还一起吃了晚饭。

“欸？”

今日子小姐依然挂着笑容，但眼神明显发生了变化。

果然，忘却侦探比较在意“了解自己的人”，所以才会对日怠井警部说出那种示弱的话，而且会对这种程度的暗示自然地做出反应。

或许，她很清楚，“身份不明”正是她最大的武器，她要最大限度地利用记忆被重置的好处。正因如此，她才会对可能威胁自身立场的人持警惕态度。果然不能把她当成“忘记案发情形，在一无所知的情况下被拘留的可怜女子”。

“那真是有意思，竟然还有比你更了解我的人。”

“没错。”

日怠井警部点点头。但实际上，他打出的第一张牌，基本等同于空牌。

隐馆确实是忘却侦探的“专家”，也确实比日怠井警部更了解她，但还不到“熟知”的地步。

对于关键性的东西，他也一样一无所知。

毕竟对方是误逮捕的冤罪制造机，而隐馆恰是冤罪受害人，不可能做到毫无保留，肯定还隐瞒了很多情报。至少，在刑警看来，他对忘却侦探的真实身份——类似这方面的情报——了解得并不透彻。

打空牌可是忘却侦探的惯用手段，这次算是以其人之道还治其人之身。不过，这张牌确实有效。

她的心态隐约产生了动摇。不，应该说，十分明显。

终于等到这一刻。

“希望是一位能帮我洗脱嫌疑的证人呢。他有说过‘今日子小姐绝对不可能犯罪’之类的话吗？”

“没说。”

“哎呀，这样啊，那真是遗憾呢。”

今日子小姐陷入沉默，似乎在等待对方接话。但日怠井警部可不会那么轻易上钩。至于隐馆究竟说了什么，这张牌他会看准时机打出。

被告人有质疑的权利，可把搜查和推理的主导权转交到嫌疑人手上，这未免太过荒唐。

绝对不能把委任书交给一个履历不明的人。岂止是委托，协助查案也不行——既然她刻意隐瞒，那只要想办法把必要情报套出来就行。

这也是审讯的起点。

“今日子小姐，丑话说在前头，我可从没打算要请你帮忙。”

“哎呀，是吗？”

“这个案子我会亲自解决，在那之前，你就在这好好待着吧，应该不消二十三天就能完事。”

若真像隐馆说的，今日子小姐暗中留了一手，到了这关头，她应该会慌忙亮出底牌。反正在她眼里，警部不过是名侦探的陪衬品。如今却有刑警扬言要自己破案，她一定会担心对方草草结案。所以，如果真觉得自己无罪，这时候隐瞒情报可不是什么明智之举。

如果她还在其他地方留有备忘录，绝对会趁现在亮出来。

“472193。”

“欸？”

“472193。”

“今日子小姐，这串数字是你的秘密情报吗？”

若真是如此，情报未免来得有些突然……即便对方已经放弃抵抗，也显得太过唐突。472193是什么数字？怎么觉得好像在哪里听过……难道是接手的案件资料里出现过？

突然，日怠井警部猛地站起身。

哪里是什么案件资料里的……

“今日子小姐！你怎么知——这不是这间看押室的密码吗？！”

“我猜对了吗？”

BINGO！今日子小姐锤了下手。

她表现得就像是猜中了一张无关紧要的扑克牌，但显然没有这么简单，因为这就相当于在宣示她有能力逃离这间看押室。

是那个给她买书，还答应带便当的年轻警官透露的吗？若是如此，那家伙可就太可恨了。还是说，是那个负责搜身的女警官不小心说漏了嘴？

如果是这样，那可就不是单纯地关照嫌疑人，而是足以与冤罪制造机匹敌的渎职行为。

“没有谁告诉我，是我自己的直觉。”

“直觉！”

只听说过刑警凭直觉办事，还从没听说过侦探也会靠直觉。不过，直觉也并非刑警的专利。

但是，这可是六位数密码啊！

绝对不是随随便便就能猜中的——虽然日怠井警部数学不是很好，但这种简单的概率还是会算的。

10×10×10×10×10×10——也就是10^6,一百万分之一的概率。

怎么可能猜中？

“不不，不是一百万分之一，而是1000+1000，两千分之一的概率。”

“……”

2000组？怎么算出来的？1000+1000？

完全搞不懂。但是，看到看押室门上设置的密码按键就明白了。

原来如此。

虽然是六位数密码，但没有哪个人会把数字分开来记……一般都会连着顺序一起记住。所以，今日子小姐一定是在和年轻警官闲聊的时候，或者在搜身的时候，或者先后趁这两次机会将“六位数密码”拆分成“两个三位数”给记下来了。

如果是先猜中前三位的“472”，再猜中后面的“193”——那确实是1000+1000，两千分之一的概率。

只要先从年轻警官口中套出前三位，再趁着与女警官闲聊，猜出后三位就行吗？

但是，就算概率降低到两千分之一，也不是三两下就能猜中的。

按照同样的方法再次拆分就行吗？从前往后逐一推算——这样就不是乘法，而是加法，10+10+10+10+10+10=60。

虽然看起来有点荒唐，但至少多了点现实感……不至于那么离谱。

情报源至少有两个——不，包括此刻正与她隔着铁格栅对话的日怠井警部在内，至少三个。

“别看我好像待得很自在的样子，其实我也一直在思考哦。”今日子小姐说道。

略显动摇的眼神完全恢复到以往泰然自若的状态。

思考——不是指密码的事情吗？

忘却侦探的意思是，她是在维护日怠井警部的体面，就像关照“年轻警官们”那样。

其实我随时可以逃离这间看押室，只是不想给你们添麻烦，所以才老实地待在这里——这就是她的话外之音。

虽然有些威胁的意味，但却一语中的。

对忘却侦探怀有的复杂情感完全被看穿，日怠井警部顿时失去言语。

无地自容。

一想到自己“绝对不要当陪衬，不要当垫脚石”的卑微坚持被悉数看穿，日怠井警部就倍感惭愧。明明来这里的时候怒火中烧，如今却羞愧到无以复加——没想到名侦探会顾及刑警的颜面。

弄得我好像在唱独角戏……不，应该说是名侦探的单方面碾压。

不过，基本能确定，密码的事情不过是今日子小姐设计好的推理戏码。她所在的看押室可不是光输入密码就能打开。离开的时候，看守员还给了日怠井警部一张门卡，等于上了双重锁。

看押重大嫌疑人的地方，自然要戒备森严。

只是，这段推理戏码同时也是一段委婉的“威胁”戏码。这也算是侦探的一点善意。

“……”

日怠井警部再次怒上心头。

不，或许仍掺杂着羞愧。

既然如此，那就干脆结束这场侦探与刑警的戏剧性谈话，立马把白发嫌疑人带到审讯室（第四审讯室或者其他审讯室都行）。动用所有手段，让她把知道的情报都吐出来——毫不犹豫地施展毕生所学技能。日怠井警部暗暗下定决心，把门卡插入卡槽。

然后输入密码，472193。

“咦？”

日怠井警部像被泼了盆冷水，看押室的门丝毫没有反应。刚刚那番气势顿时化作满满的尴尬。难道是因为太心急，密码输错了？

“如你所见，就算是名侦探，也没办法轻易地逃离这里。不过，我可以待着不出去，反正我最擅长宅着。而且，监狱本来就适合窝着。”

说着，今日子小姐拖着懒散的步伐，朝着房间一角的床铺走去。

“晚饭就不吃了，帮我转达那位年轻警官，叫他别给我带了……业务繁忙的职业侦探决定要绝食了。”

“欸……”

“晚安，日怠井警部。”

今日子小姐躺到床上，盖好被子。被子恰好也是白色，忘却侦探像是拥有保护色的忍者般，与床铺融为一体。

绝食？不是吧。

看来她对门锁动了手脚，使这间房间彻底被锁死。确实，虽然开锁很难，但要让锁打不开，方法要多少有多少。

只要把锁弄坏就够了。

门锁结构越是精密复杂，就越容易被破坏，可这也是无畏的抵抗。

绝对不是正常人能干出来的事情。

密码按键完全失灵。既然已经被她毁坏，那就用蛮力把锁撬开，就算最后抢劫杀人的罪名不实，也可以以毁坏财物罪对她问责——完全不顾体面，给警方留下问罪的把柄，她到底在想什么？

名侦探露出马脚了？虽然心态从容，但拘留所的生活还是影响到她的思考吗？日怠井警部有些担忧，但下一秒，他猛地反应过来。

晚安？

要睡觉吗？

开什么玩笑，相比女士减肥绝食，忘却侦探要睡觉才是刻不容缓的紧急事态。

如果今日子小姐像隐馆预测的那样，隐瞒了有关抢劫杀人事件的情报；如果备忘录已经被她擦除……

那在她睡着的那瞬间，她拥有的那些详细“记忆”将会被彻底清除！

“今日子小姐！不行啊，你不能睡觉！快起来！请快起来！”

日怠井警部像是在雪山遇险般，用力抓住铁格栅，扯着嗓子大喊。

没想到忘却侦探会把记忆作为人质。

这下双方立场完全颠倒。

日怠井警部慌忙想打开铁格栅，但不管怎么尝试，都是徒劳……就算现在叫人，等对方拿着工具撬开，今日子小姐早就睡着了。

哪怕睡上一秒，记忆都会被重置。这样一来，之前的努力全都白费了。

不仅是与日怠井警部的谈话，连作为现行犯被逮捕的始末，都会被忘得一干二净。

糟糕——不该告诉她约谈过“专家”，到头来起了反效果。

但是，没想到秘密被识破后，她会以此作为交易筹码，还向日怠井警部摆出一副“那我不管了，真相什么的无所谓了”的态度，她到底想干吗？

这样下去可是会被定罪的啊！

她早已看穿日怠井警部刚正不阿的个性，不甘当陪衬的复杂心理，以及他执拗的刑警精神吗？

若是如此，那可不单是看穿人心。

也并非诓骗，而是玩弄。

“等我明天起来，你再把罪状从头到尾跟我说一遍吧……

睡了。”

“……”

这到底是蔑视、夸赞、抹黑、侮辱，还是为我保全颜面？完全搞不懂——日怠井警部投降了。

他大声宣示——不。

应该说低头服软。

“知道了！委托！我向你提出委托！请帮我查明抢劫杀人案件的真相，弄清案件的详细始末，拜托了，今日子小姐！”

“不会食言吧？”

言外之意就是：你的证词将全部作为呈堂公证。今日子小姐微笑着站起身，那并非伪装，而是胜利者的微笑。

今日子小姐动作麻利地戴上眼镜。

“那我接下你的委托，我会尽最大努力帮你解决这个案件。那么，事不宜迟，先把事件的详细经过跟我说一遍吧。还有，能让我见见你之前说的那个忘却侦探专家吗？当然，也不用马上。”

“欸……见隐馆先生吗？”

对方一口气提出这么多要求，日怠井警部有些没反应过来，一不小心说漏了专家的名字，忘却侦探很快捕捉到。

“哦，那个人是叫隐馆先生啊。”

还是第一次听说这个名字呢……但是，不知为何，今日子小姐莫名地感到有些熟悉。

3

于是，当天深夜，我在永远不想再踏入的千曲川警署，隔着透明玻璃，见到了今日子小姐。虽然早已经过了拘留所的探望时间，但毕竟，今日子小姐的记忆只有一天。

第四章 隐馆厄介的记者会面

1

从离开家庭餐厅（没被误逮捕），到接到日怠井警部的二次传唤的这段时间里，我并没有闲着。我仍在拼命地想办法，找路子。大恩人今日子小姐如今身陷囹圄，我岂能袖手旁观。

可我能为她做点什么呢?

唯一能想到的，就是委托侦探帮忙解决案件。众所周知，我的手机通讯录里基本都是现役侦探的联络方式。

因为我长相可疑，随时都有可能被冠上莫名的冤罪，为方便快速找到相应领域的侦探，我特意搭建了一个快速联络系统。忘却侦探今日子小姐也是其中之一，此外还有许多擅长不同领域、拥有不同职业技能的侦探。就算手机不在身边，我也能轻松地背出百来个侦探事务所的号码。

万事俱备。

所以，眼下我能尽到的最大努力就是，像为被告人指定优秀辩护律师那样，为今日子小姐找一位出色的侦探。没错，最初我就是这么想的。但我很快意识到自己的错误，并慌忙放弃了这个方案。

侦探被卷入案件的时候，绝对不能求助其他侦探，这样会害今日子小姐丢失名侦探的头衔，还会伤到她的自尊心。最重要的是，会给今日子小姐的招牌抹黑。对置手纸侦探事务所造成无法挽回的伤害。

不管是否有罪，身为侦探，一旦接受了其他侦探的帮助，今日子小姐今后将无法再以侦探的身份活动。当然，有些人即便被定罪，今后仍会从事侦探工作。

所以，这次只能让今日子小姐想办法自救……说极端点，身为侦探，她说不定连律师都不想请。

首先，就算要委托其他侦探帮忙，我现在连今日子小姐被卷入的——或者说引发的——案件概要都不清楚。

从日怠井警部那里获得的情报也只有“与金钱有关的抢劫杀人案”这一点。为了以防万一，我再次翻看了近日的报纸和新闻，果然没有在千曲川署的管辖区内发现任何疑似的报道。

限制报道。

虽然有可能只是暂时性对外保密，但我却因此帮不了今日子小姐，真是讽刺。正常来想，事态或许就这样陷入僵局。

我再也无计可施。

不，若要按正常思维分析，我所做的早就超过了自己的义务范围。说到底，我不过是置手纸侦探事务所的一位常客，说白了，也只是区区一介客户，就算今日子小姐对我有恩，我们顶多也只是合作关系，我既不是她的朋友，也不是她的家人、亲戚，更不是恋人。

可我却如此急切地想要帮助她，怎么想都有点不正常。更何况，今日子小姐早就忘记了我这个委托人。

每次见面都对我说“初次见面，你好”。

不管我做什么，都等同于白费力……还是老实地退到一边，把剩下的事情交给日怠井警部吧。

要是能聪明地做出这种决断，我的冤罪体质或许还有望恢复。奈何我就是个笨蛋，根本无药可救。

怎么了？我到底是怎么了？

坏也坏在恰逢求职期间，眼下无事可做……生活中已经没有任何东西能阻止我的可疑行为。

俗话说，小人闲居为不善。更何况是壮汉。

回到正题，我的通讯录里也不全是侦探的电话号码。

毕竟频繁辗转各个行业——因为多次被冠以冤罪，多少有些人脉。我怀着与“最快侦探景仰者”身份极不相符的复杂心理，犹豫良久后，打开手机通讯录，选中了某个号码。

几阵呼叫音过后。

初露头角的记者围井都市子小姐接通了电话。

2

如果说有比见误逮捕自己的警官更尴尬的会面，那无疑要数面见曾经拒绝过的向自己求婚的女性。

会面地点选在此前与日怠井警部同进晚餐的家庭餐厅，但光是隔着桌子相对而坐，就让人有种想逃避的冲动。

说实话，眼下的状况真的让人如坐针毡。

为了恩人今日子小姐，自己辛苦点也值得——我完全没心思沉浸在这种自我陶醉的世界里。因为围井小姐比我还要难熬，这种状况对她来说，一定很屈辱吧。

与今日子小姐截然相反，围井小姐有着一头柔顺的黑发，整齐地束在脑后。明明已经是晚上，她却还穿着沉闷的工作服。

仿佛在高声强调："我只是以记者身份来面见你，此外别无其他。"

眼下根本无心叙旧。

双方没有说话，等到我的咖啡和她的香草茶上齐后，我直接切入正题。

"那个，关于今日子小姐的事情……真的像电话里说的那样……"

“没错，她确实被捕了。”围井小姐以焦灼的语气回答道，“但并不是限制报道，确切地说，是警方那边还未公布。”

两者在我看来并没有任何区别，但或许对于记者来说，完全就是两种情况吧。

只是，围井小姐看起来十分不安，可能因为对面坐着我，也有可能受了忘却侦探被捕的影响吧。毕竟她是曾不惜翘班去参加忘却侦探演讲会的铁粉，她打心底羡慕今日子小姐可以免受过去束缚的生活状态。

也可以说是景仰。

所以，得知今日子小姐被关进拘留所，她难免会感到不安——作为粉丝。

但是，作为记者，她有义务采访情报提供者的我。我们都各有难处。

我们都面临选择，一切似乎都没有答案。而我们必须要做出选择。

不管是出于仰慕还是尊敬，我们没办法“什么都不选”，毕竟我们不是忘却侦探。

正因为是今日子小姐的粉丝，围井小姐才会放下所有工作，硬着头皮赶来见我这个曾恨不得永远别再相见的人。这么说可能有些夸张，甚至有点假，但能看到她一切安好，我打心底感到开心。但我不能说出口，也不能再多想。关于这一点，我甚至没有思考的自由。

“毕竟是今日子小姐啊，置手纸侦探事务所一向严守保密义务，切实推行保密主义，这次的事件也不例外。更何况，置手纸侦探事务所本身就是一个秘密机构。我本来梦想着将来有一天能出版一本关于忘却侦探的书，所以我很早就开始调查今日子小姐的事情……但她的履历几乎一片空白，从没见过有人能保密到这种程度。我甚至还申请过直接采访，但对方毫不犹豫地拒绝了。”围井如此说道。

真令人佩服。

我也像她一样，曾暗中整理过今日子小姐的事迹。这次向她求助，对我来说，等同于“利敌行为”——算了，想再多也没用。

今日子小姐崇尚保密主义，出书什么的，目前根本没有可行性。

“所以，我决定放弃忘却侦探这条线，改变方向，从案件这边入手。像我这种初出茅庐的小记者，就算想直击采访，也不会有警察理我。所以，我也决定像你那样，先试着详细解读已有的报道。”

嗯。

围井小姐肯定自认为解读功力比我这个外行人深厚，想着多少能从中获取一些线索吧，但她的计划似乎落空了。

警察未公布的案件，外界几乎无法查到相关信息。在现代社会，不只有今日子小姐崇尚保密主义。

“这么说，那目前还是不清楚今日子小姐被捕的确切罪名？”

“别这么急着下结论啊，我会慢慢跟你解释清楚，毕竟罪名是抢劫杀人。至少真的出现了受害者……虽然还不清楚具体的作案手段，但既然出现了命案，肯定需要走一些特定的程序。暗中私自处理可是犯罪。”

那是自然。也就是说，围井小姐在调查警察、研究报道期间，还顺便去了一趟医院和殡仪馆。这都是一些比较隐私的地方，一般人不敢贸然闯入。而她却如此执着，或许是出于不折不挠的记者精神吧。

我光是看到已有的报道，就连忙打起了退堂鼓。看来我还是太天真。

“现在我也没办法向外界寻求帮助，所以只好单独调查。经过我的一番努力，总算有了突破。”围井小姐朝四周扫视了一圈，悄声对我说道，“答应我不要说出去哦，隐馆先生。”

虽然不算是耳语，可我却有种熟悉的感觉。

“经过我坚持不懈的调查，我发现有家大型银行的相关人员昨天去世了，从年龄来看，不像是自然死亡。”

非自然死亡，莫非当中有蹊跷？

那医院有义务报警。不对，等等，可日怠井警部说今日子小姐是作为现行犯被捕的。

这方面没办法轻易下定论，只能根据现有的情报做分析。

“大型银行的相关人员——银行职员吗？”

与金钱有关的抢劫杀人案。

这本身就是一起恶性犯罪，现在又逐渐和金钱扯上了关系，气氛愈来愈沉重。

“不是银行职员，相关人员指的不是职员，好像是银行创始人之一……”

围井小姐并不能保证情报完全属实，所以她在描述一些详细细节的时候，措辞拿捏得很谨慎。

这也是记者精神吗？

“我虽然没去过大型银行，不过曾经在信用合作社工作过——不过好像跟那个是两码事呢。”

那是遇到围井小姐前不久的事情。回想自己的工作经历，等同于重温一遍曾经的心理创伤。

“嗯，那个人并没有在店里上班，说极端点就是无业，这一点倒跟你一样。”

太过分了。

就算同是无业，穷酸平民的无业和大型银行创始人的无业可完全不是一个概念。

“每个豪门家族都必定会出现那么一两个浪子。”

“相比浪子，那人更像是个爱好者。名字暂时不方便透露，不过，一直称呼人家为‘那个人’有点不太好，先给他起个化名吧。”

“嗯，好啊，那就交给你了。”

“那就叫龟井先生吧。”

“……”

我倒不是分不清她是认真还是开玩笑，而是因为这人太认真，反倒觉得滑稽。

“龟井加平。”

加平先生？为什么会想出这个名字？

看来“那个人”是男性……

“啊，原来如此，因为是银行相关人员，所以叫加平吗？”

也就是货币的意思，日文发音一模一样。

“不，你理解错了。”但是，围井立马否决了我的猜想。

“欸？不是吗？”

“当然不是，虽然‘加平’和‘货币’的发音确实一样，但我给他起这名字的主要原因是，因为他是一个收藏家。”

“收藏家？”

“没错，他是一个硬币收藏家，喜欢收集古今东西世界各地的硬币。虽然只是一项爱好，不过听说他在那个圈子里小有名气。当然，有部分原因也是因为家族名声。”

也就是说，那个龟井先生打着家族的名号收集硬币吗？虽然不至于引发纠纷，但这样明目张胆地行动，反倒容易招惹麻烦。

哎。要知道，媒体都喜欢实名报道。

“说直白点，龟井加平先生就是在用钱收集钱吧。”

这何止是直白，甚至有点犀利啊。

虽然说得也在理，不过对于性格刻板的围井小姐来说，可能无法切身地理解“玩乐”“兴趣”“嗜好”这种东西吧。不过，作为讲究中立公正、客观报道的记者，这观点稍微有失偏颇了。

“说是收藏，但也完全不能小看，当然，我们也没资格小看。听说有些硬币能值几百万、几千万，甚至上亿日元。”围井小姐补充道。

“这……这简直就是骗钱啊？听说昭和六十四年的硬币挺值钱的……”

我对收集硬币这方面的事情不是很了解，只能做出这种程度的回应。但围井小姐还是回了句“嗯，好像是的”，朝我点点头……这人虽然有点刻板，但为人绝对不坏。

“那我继续讲了，听说龟井加平先生在家里设了一个用于摆放硬币藏品，有点类似于博物馆的展览室……看来案件就是在那间房间发生的。”

“案件。”

虽然确实“与金钱有关”，但有种偏离常规的感觉。大型银行创始人、硬币收藏家……看来这起案件不简单。

撤回先前对日怠井警部说过的话，这次的案件确实很符合守财奴今日子小姐的作风。

“我还没有查到龟井加平先生和今日子小姐的关联性。但是，毕竟忘却侦探的记忆每天会被重置，基本不会与任何人维持关系，从这点来看，他们不可能是朋友，也不可能是恋人关系。”

那是自然。

虽然“恋人”二字在我心里荡起了轻微的涟漪，但那是绝对不可能发生的事情……如果龟井加平先生是银行职员，那还有可能成为置手纸侦探事务所的主要银行接待员。但围井小姐说他并不在银行工作，那也就不存在这方面的关联性了。

“话说回来，龟井加平先生多大年纪？从年龄上来看，有可能和今日子小姐成为朋友或者恋人关系吗？”

围井小姐只说被害人并非自然死亡的年纪，说明她有意保护被害人的年龄信息。如果再去打听年龄的事情，会显得我对“恋人关系”几字反应过度，可我还是没能忍住。

“比今日子小姐还有我们大十八岁左右吧。”

围井小姐还是轻声地回答了我的问题。

如果只是这点程度的年龄差，那任何关系都有可能……

“顺便说下，爱好者一般都单身。”

爱好者跟单身没有必然联系吧……

“因为龟井加平先生家有个巨大的展览室，所以他家配了帮手和用人。”

帮手就算了，竟然还有用人。果然是富豪。

如此一来，被害人富豪兼收藏家的身份就不再是单纯的打趣。

“不过，忘却侦探爱钱并不等同于爱有钱人。这不足以成为今日子小姐接近龟井加平先生的理由。正常来说，今日子小姐只会以侦探面见客户的形式接触外人吧。”

侦探与客户。

或者说，侦探与罪犯吗？

因为怒火攻心或者下手太狠，不慎杀死罪犯——可不管是哪种情况，都不该是抢劫杀人。

总之，前提得是今日子小姐以侦探的身份进入了龟井加平先生的私宅，可这样案件更扑朔迷离了……现在最大的难题是忘却侦探遵循的比医院和警察还要严格的保密义务。

如果抢劫杀人背后另有隐情……

“据我了解，忘却侦探不像是那种会入室抢劫的人……‘偷窃不成变明抢’倒还说得过去。”

“是吗？这么说，你还是觉得今日子小姐有可能犯下抢劫杀人的罪行？”

我实在按捺不住内心的冲动，以稍显尖锐的语气质问道。不管是入室抢劫，还是偷窃不成变明抢，都是不可饶恕的恶性犯罪。

虽然“这种犯罪不符合今日子小姐作风”的模糊理论勉强能说服日怠井警部，但世人可就不一定了，我希望能听到记者对这方面的客观评价。

“作为今日子小姐的粉丝，我当然不愿相信。但从我浅薄的记者经验来看，这世上不存在任何时候都能保证不杀人的圣人君子。或者说，越是圣人君子，越有可能杀人。”

“……”

“如果今日子小姐不是犯人，那就找出真凶；如果今日子小姐是犯人，那就弄清她的犯罪动机，这就是我的任务。”

不管怎样，都必须要弄清真相吗？围井小姐对待工作依然充满觉悟。

不，比以往更有觉悟。

动机吗？不同于记者，我非常不愿意思考这种可能性，但如果今日子小姐真是犯人，且不论抢劫杀人，果然金钱才是最合理的动机……至少，不可能是什么圣人君子的理由。

“我只是单纯地认为，抢劫杀人这种暴力型犯罪，不符合今日子小姐的女性身份……”

对于围井小姐的觉悟，我只能给出一些主观性的见解，但一般人都会这么想吧？即使女性可以借助刃器或钝器，减少对臂力的要求。

“对了，你这么一说，我想起来了。隐馆先生，我还查到一件事，那就是犯人使用的凶器。”

“凶器？”

“听说是刃器，不过……”

刃器？这个倒没听日怠井警部提过。

嗯，怎么说呢？我完全无法想象今日子小姐手持刃器的样子……但是，句尾的转折是什么意思？

“没错，但是，听说那把刃器就是龟井加平先生陈列在展览室里的藏品之一，是一枚形状奇特的古钱……也就是刀剑形状的货币。换而言之，虽然不清楚动机是不是钱，但凶器一定是钱。”

“……”

这种凶器一点也不符合今日子小姐的风格。

这种话，我当然说不出口。

3

后来，隐馆接到日怠井警部的来信，决定只身前往千曲川署。

第五章

掟上今日子的电椅

1

被害人——十木本未末

高级无业游民、收藏家

嫌疑人——掟上今日子

置手纸侦探事务所所长、忘却侦探

第一目击者——管原寿美

用人、同居者

接到报警，控制嫌疑人的警官——赖濑（巡警）

前去逮捕嫌疑人的警官——中杉（警部补）

接手案件，负责调查嫌疑人的警官——日怠井（警部）

2

今日子小姐正仔细地阅读着自身案件的调查报告书，开头以“登场人物一览表”的形式罗列出了案件相关人员信息。但她的状态与方才阅读须永昼兵卫著的推理小说时一样。

完全就像是在阅读自己担任主角的推理小说那般泰然自若。

这可是杀人案件，而且犯人还有可能是自己，这位侦探就真的没有丝毫的恐惧或者不安吗？虽然侦探和刑警一样，都是靠案件和犯罪营生，这种反应也无可厚非。可这次情况不同，弄不好自己就会被定罪，她这泰然处之的态度，未免有点不合时宜吧。

因为是忘却侦探，才能如此镇定吗？不，因为要优先速度，才没有被感情左右吗？还是说，她很确信……自己绝对不是犯人？

莫非正如隐馆提醒的那样，这个以“睡觉”作为威胁条件的今日子小姐脑中，藏着“调查报告书”中所没有的重要情报。

若是如此，那日怠井警部无论如何都要想办法审问出来——弄清备忘录，不，是禁书里的内容。

他已经无路可退。

因为他已经让嫌疑人阅读了调查报告书的所有内容，并非买推理小说、找更换衣物、带便当这么简单。结果，今日子小姐以“饿着肚子没办法推理”为由，理所当然地吃完了看守员从百货楼地下商场买来的价值六千日元的便当——在此期间，日怠井警部前去取文件，并再次联络了莫名想再度见到今日子小姐的隐馆。

这完全是违规行为。

更何况名侦探已经巧妙地猜出了关押室的房门密码，这时候完全可以把理由归结为“对方太狡诈”。可作为公务员，把调查情报“拿给嫌疑人阅览”，可是严重违反职业操守的渎职行为。

今早完全没料到事态会发展到这种程度……眨眼之间就落入了对方设置的圈套内。

或者说，被迫落入圈套。

在审讯室和拘留所“设套”明明是刑警的专利……

“死因是刺伤导致的心因性休克……好，读完了。”

无视对自身判断缺乏自信的日怠井警部，今日子小姐仔细地阅读完了调查报告里的所有内容。

“非常感谢。”

然后她道了声谢，态度倒是挺恭敬。但举止仍散发着怪异的气场。

倒也不是表面恭维，内心不屑，只是，她明明动作很悠闲，可这阅读速度也太快了。

莫非她有一目十行的本领？虽然从最快侦探的角度来看，这并没有什么值得惊讶的。总之，如此一来，日怠井警部等同于亮出了自己所有的底牌，或者说，完全是明牌状态，虽然内心的想法并未表露。接下来就看对方如何出牌了。

“怎么样？对于这个有可能是你犯下的案件，有推理线索了吗？”

“真是前所未有的体验，太令人激动了。据我的记忆，这种感受还是第一次。”忘却侦探耸耸肩，嘲讽似的说道。

其实，日怠井警部的提问并没有什么挖苦的意味。他只是单纯地想了解今日子小姐读完后的大致感想，如同想知道事件的真相一样。

不管中间过程如何，既然最终向她提出了协助搜查的委托，那就应该换个地方讨论……

可遗憾的是，今日子小姐已经把电子锁毁坏，根本无法打开。虽然大概知道要破坏锁很简单，但至于为何会破坏到这种程度，外行人就不得而知了。所以，为了撬开被毁坏的电子锁，刚从地下商场回来的年轻警官正在署内四处寻找工具。

真有本事，莫非她想赎罪?

“在封闭空间内推理的侦探也可以被称作安乐椅侦探。啊哈哈，不过考虑到自己的嫌疑人身份，还是叫电椅侦探比较合适吧。”

这玩笑一点也不好笑。

如果抢劫杀人的罪名被坐实，至少是无期徒刑，最高可是死刑。

“哪里有什么电椅，别忘了，这里可是日本。”

“日本的死刑制度好像采用的是绞刑，现在还没变吗？如果我没记错的话，执行死刑的按钮好像有很多个。有点像核导弹的发射装置，需要多个执行人员同时按下按键，现在也是这样吗？”

“现在也是这样。”

话虽如此，但日怠井警部并不确信。因为这是他不愿意面对的现实，自己逮捕的人，即便是杀人犯要毙于死刑的现实。

尽管心情十分复杂，但想到被害人亲属的心情，他没办法成为主张反对死刑制度的人权派，但也无法成为毫不犹豫赞成死刑的人权派——更何况自己还是冤罪制造机。万一被逮捕的恶性罪犯是被冤枉的该怎么办?

正如眼前这位铁格栅内的嫌疑人所主张的一样。

想到这里，日怠井警部不自觉地话多了起来，或许也是对方有意引导的吧?

“当然，并不像核导弹发射装置那样，非得同时按下按钮才能执行绞首死刑，这么做只是为了模糊具体的执行者。”

“这一点确实有必要。”今日子小姐说道。

那是自然。

但是，只有实施的人才会将这种制度视为“理所当然”。对于受刑者来说，或许很难接受。

毕竟，自己要在“不知会被谁杀死”的情况下死去。死囚的面前不可能出现帮忙洗脱罪名的侦探或者执法机关。

“不清楚真相，摸不清方向的时候，犯人很容易将仇恨转移到负责审讯的刑警身上呢，就算变成鬼，估计也只记得那个人。因为人都喜欢挑容易的下手。”

“……”

今日子小姐这是在嘲讽吗？不，看样子，她只是在享受这种闲扯的话题而已。

“闲话少说，言归正传吧，日怠井警部。警部大人，感谢您提供调查资料。感激之情难以言表。这下终于能帮上您了，我感到无比激动。您的恩情，毕生难忘。”

即便除去最后这句，这番话也如同一出用力过度的戏剧。不过，感谢也是应当的。日怠井警部这次可是冒着丢饭碗的风险在帮她，虽然之前被她威胁过……

冷静下来想想，就算没有被威胁，最后也还是会屈服。相比把人误送上断头台，玩忽职守又算得了什么。

不管怎样，既然嫌疑人已经一字不漏地读完了调查报告，就不能指望对方“说出秘密”……虽然原本也没奢望过。

接下来的交谈，对经验丰富的日怠井警部来说，一样充满未知数。

“但从报告来看，”侦探顿了顿，继续说道，“犯人确实是我没错。”

3

“欸……你这是主动认罪吗，今日子小姐？可以理解为你承认自己的罪行吗？”日怠井警部下意识地以谨慎的语气确认道。

“不，并非如此，我的意思是‘但从报告的内容来看’。”今日子小姐摇摇头，“说出那种让你误解的话，非常抱歉。我绝对不是故意的。”

骗人，绝对是故意的。

不过，相比不满，日怠井警部更多的是安心……如果这时候给出“我就是犯人”的结论，那问题可就麻烦了。到时不只是日怠井警部丢饭碗那么简单了吧？毫不夸张地说，这次的事件可是关系到警署的存亡。

“哎呀，说得好像是我的错呢。可是，日怠井警部，这案子的影响力本来就大啊，这次死的那个十木本先生是日本屈指可数的富豪吧？他可是这一带堪称宝藏的VIP哦！”今日子小姐说道。

没错。且不论财阀家放荡堕落的儿子有没有资格被冠以“宝藏”头衔，但从那个家族为本地贡献的税款金额来看，十木本未末确实称得上是VIP。

日怠井警部因为负责的案件类型不同，与组织内部人员关系平淡，加上他平日不爱闲扯，对这方面的事情不是很清楚，看来那人在这一带十分有名。且不论名声的好坏，至少那人的知名度远高过忘却侦探。对于这种VIP级人物被杀的案子，即便嫌疑人不是曾经协助过自己查案的人，也要万分谨慎地对待。

“确切地说，是日本屈指可数的富豪的亲戚。虽然还没有断绝关系，但基本没有来往了。本来想打电话把这件事告诉他们，顺便了解一点情况，谁知对方的秘书直接回绝了我们。目前连谈话时间都没预约到。”

“‘有空再说’的意思吗？不过，毕竟是大型银行的创始人，肯定很忙吧。真是羡慕啊，将来我也想开一家银行呢。”

梦想还真够远大啊，至少不是这间看押室可以容纳得下的。

“或者说，想成为硬币收藏家。”

这个恐怕不可能实现吧，忘却侦探可是即便身处看押室，也不忘赚顾问费的守财奴。

“守财奴吗？我也不知道为什么，我给人的感觉这么爱钱吗？从调查报告来看，我是因为看上了十木本先生的藏品，所以偷偷潜入十木本先生的宅邸。”

“欸……宅邸——确实是宅邸。”

虽然听起来有点年代感，或许属于某种推理术语吧，不过从报告内容来看，十木本未末的房屋面积确实可以用“宅邸”来形容。

或者也可以称之为公馆、豪宅之类的吧。

毕竟内部可是设有一个硬币藏品展览室——比日怠井警部的单间公寓大上不知道多少倍的高雅展览室。

而那里，也是案发地点。

“根据那个可爱刑警的描述，贪财的我为了盗取藏品，偷偷溜进宅邸，不巧在展示馆遇到宅邸的主人，情急之下，将其杀死——是这样没错吧？要我说，这就像是要设置某种叙述性诡计一样，矛盾重重。”

“这么矛盾吗？”突然得到这种负面评价，日怠井警部下意识地为同事辩解起来，“这报告是同事写到一半的时候，奉上司命令交接到我手里的，就不要在意这么多细节了。”

他的语气就像力挺连载作品的小说作家一样，给出“一定要看到最后哦”之类的寄语。今日子小姐则心领神会地点点头。

“有件事我还记得，为了以防万一，我确认一下，逮捕我的可爱刑警就是报告中提到的中杉警部补，对吧？”

“没错，然后最早接到报警的是在被害人家门前的警亭值班的巡警。”

“警亭？这么一说，感觉那家不是一般的有钱啊。”

确实。

日怠井警部似乎并不知晓那里设有警亭。不过，就算没有那些价值不菲的藏品，那个家族的人光是出门就已经充满了危险。

某种意义上来说，比政治家的生命风险还要高。警亭似乎刚设置不久，巡警日常会收到重点巡逻宅邸周边的通知。

真是VIP待遇。

如果从防患于未然的角度考虑，又没有发生什么值得特别关注的问题。如果说存在什么问题，那就是没能防患于未然。

“门前的赖濑巡警在接到第一目击者管原女士的报警后，在现场确认了被害人与嫌疑人，于是联系警署，署里再派中杉警部补前去抓捕——真是矛盾呢。”

“哪里矛盾了？”

可能出于同伴意识，日怠井警部条件反射地辩驳起来。但其实他自身也察觉到了调查报告里的违和感。

只是，那是一种“再怎么说，忘却侦探也太可疑了吧”的模糊感觉。至于具体哪里奇怪，他也说不上来。

非要说的话，那就是太过刻意。

条件过于充分。

像是在看一部胡编乱造的电影作品。所有地方都太过巧合，甚至让人忍不住吐槽“现实怎么可能有这种事情”。不过，对已经发生的事情提出各种质疑，本身也不合常理。

“至于哪里矛盾，打个比方。”

今日子小姐回答了日怠井警部的问题。

“既然那栋宅邸戒备如此森严，我这种盗窃犯怎么可能进得去？”

“这个——可是……”

说得好像有道理？

报告里确实把“戒备森严”的要素作为“没有其他可疑人士出入”的佐证，但目前并没有说明今日子小姐如何避开巡警的耳目潜入宅邸。

或许是还没来得及整理，又或许是案发当时，她已经身处宅邸内，所以觉得“如何潜入”并不重要吗？

“可能看我是名侦探，觉得我自有办法潜入吧。但如果是这样，那这粗陋的作案手段未免也太不符合名侦探的身份了吧？”

今日子小姐的观点简单粗暴，日怠井警部只能点头附和。她的论据基本一样——但今日子小姐在事发现场被“发现”是不争的事实，从这点来看，中杉警部补的推论也算合理。

话说回来，既然忘却侦探能有本事堂而皇之地打入警署内部，那避开巡警的耳目潜入宅邸也并非不可能的事情。

“说到‘发现’，据说案件的第一目击者管原女士是宅邸的用人？那我可以理解为她不是保镖，也不是保安，而是类似女仆的角色吗？”

“没错，被害人十木本先生称呼她为‘阿娘’，而那个女用人则称呼十木本先生为‘少爷’。”

“简直就是画里才有的富豪。”

今日子小姐的笑容变得有些僵硬。也难怪，一个四十多岁的壮年男子在家被人称作“少爷”，外人难免会多想吧。

“管原女士多大年纪了？报告里并没有写。莫非可爱刑警觉得问女士年龄不礼貌，所以就没打听吗？”

“欸？没写吗？”

所以今日子小姐才会用“女仆”来形容她吗？

其实只是单纯地疏忽了，并不是害怕冒犯。

“我接手的时候，只听说第一目击者是位‘阿娘’，报告里没有提及的部分我也不是很清楚……不过，她应该年纪比较大了。怎么了，这个很重要吗？”

“‘怀疑第一目击者’是铁则。我也不想去怀疑一位老人，但她也有可能看错或者误会。”

并非从犯人的角度，而是从目击者的角度怀疑吗？但是，根据“可爱刑警”的描述，那位管原女士虽年事已高，但并没有打算退休。

“是‘在少爷变得懂事之前，阿娘没办法安心退休’的意思吗？”

虽然有点调侃的意味，但也总结得八九不离十吧。至少，不能因为是老人的证言，就判定为不可信。

“也是呢，‘老人、孩子的证言绝对可信’，这也是推理的铁则。”

“听你这么说，倒有点讽刺的意味。”

明明这种讽刺与推理背道而驰。而且，就像日怠井警部之前反驳的那样，如果刻板地遵从“刑警写的报告有漏洞”这条铁则，那今后招呼都没法打了。

“当然，我并没有要挑毛病的意思。如果换成是我，我也会这样写报告——虽然忘却侦探从来不会写报告，但是，应该差不多吧。”

今日子小姐边解释边将报告书翻到相应的页面。边加注释边读起来。

“案发当天早晨——也就是今天早上——管原女士在习惯的时间点起床，像往常一样为十木本先生和其他用人准备早餐——从亲昵的称呼方式可以看出，他们并没有严格的主从关系，主人吃饭都是和用人一起。但是，做完早餐后，管原女士一如既往地去叫‘少爷’起床，却发现他不在卧室……”

今日子小姐顿了顿。

早餐的事情倒还好，她可能对这个每天需要用人叫起床的成年男性有什么想法。

但是，这也是报告里唯一的笑点。

“她想着少爷肯定去展览室摆放藏品了，于是走过去看了看，结果发现展览室的门紧锁着。管原女士以为少爷不在那里，于是动员所有用人四处寻找，结果哪儿也找不到少爷的身影。管原女士猜想，少爷不可能单独外出，肯定还是在展览室里，说不定在里面不小心睡着了。为了确认他是否在里面，管原女士撬开了展览室的门。”

“真是个积极能干的老婆婆啊。”今日子小姐说道，“结果发现少爷左胸被凶器刺中，倒在地上，旁边还躺着一位手握血淋淋的凶器，处于酣睡状态，戴着眼镜的白发美女——这就是事情的经过，对吧？”

“没错。”

里面竟然把忘却侦探形容为“美女”。不过，日怠井警部当然不会当面反驳。

至于后面发生的事情，前面也提过了。

管原女士立即向警亭的巡警报案。巡警当即封锁现场，并通知了警署。在此期间，白发美女一直在睡觉，神经够大条的。

等她醒过来，已经完全被包围了——俨然一副凶恶罪犯的样子，而且是因抢劫杀人当场被捕的凶恶罪犯。

“右手握着凶器睡着了……凶器是展览室上装饰的刀剑形古钱。虽然不是专门用来伤人的利刃，但坚硬的尖端依然很有杀伤力。”

“搞得好像在说别人的事情一样，今日子小姐，你可别忘了，右手握着凶器睡在案发现场的人可是你哦！”

这一点应该不至于忘记，但为了以防万一，日怠井警部还是决定稍作提醒，告诉她这可不是在读推理小说。

“你是在说我分不清现实和空想吗？作为名侦探，我确实无以反驳，毕竟推理本来就近似于空想。”

“分不清现实和空想的不只有名侦探吧。毕竟现在所有犯罪都会牵扯到网络虚拟空间的纠纷。”

不光是审讯室，大叔刑警无缘犯罪现场的日子，恐怕也不远了吧。

“但是，说到空想家，这一点也是这个案子里存在的矛盾之一哦！即便我不是名侦探，而是一个笨女孩。”

“‘美女’还好说，‘女孩’这词用你身上不合适吧？”

“就算我是个笨女孩，也不至于握着凶器在案发现场睡着。”

今日子小姐无视日怠井警部的吐槽，义正词严地说道。这一点确实无法忽视，也无可反驳……没错，太过牵强。

“非要说的话，一个紧锁的密室里躺着一具尸体，旁边睡着一个手持凶器的陌生人。谁看到都会认为那人就是凶手，可你不觉得这种登场方式太怪异了吗？”

“话虽如此，但也不能因为逻辑怪异，就把你无罪释放吧？我和中杉警部补也觉得这件事十分蹊跷，所以才来审问你。但反过来说，每个案子都会有几个‘怪异点’，也不排除有嫌疑人会做出一些匪夷所思的事情。虽然入室盗窃杀人后在现场睡着的犯人还是第一次遇到。”

“握着凶器在杀人现场睡着的犯人吗？”

“没错，握着凶器。”

真是够纠结的。这一点并没有多重要啊。

“但是，我再重复一遍，这件事确实发生了，这并不是空想。或许在你看来，这只是愚蠢刑警的卑劣抢功行为。但在那种情况下，换谁都会逮捕你。”

“或许吧，但我并没有大声控诉你们不当逮捕。我本是最能说清楚案发状况的那个，奈何我是个每天记忆会被重置的忘却侦探，根本没有办法对心里的违和感给出合理的解释，所以我感到很抱歉。”

她才不会这么想。这人依旧那么厚脸皮。

“所以，我才决定以善良市民的身份，协助你们查案。”

胡说，明明是资本家的身份。

“但是，多亏了你们，我基本整理清楚了。”

“整理……不是推理吗？”

“还没到空想的阶段，我好不容易才刚厘清案件的矛盾点和疑点。”

真是史上最快的“好不容易”——或者说整理速度。

“你的意思是，不相信‘阿娘’的证言？”

“怎么说呢，在宅邸内没看到‘少爷’，就立马断定他没有一个人外出，给人一种未卜先知的感觉，不觉得奇怪吗？”

“这只是个人生活习惯的问题吧……”

不，确切来说，是逝者的生活习惯问题。

“嗯，习惯问题吗……”今日子小姐笑着回道。

如果今日子小姐生性厌恶有钱人家的堕落公子，那就有可能衍生杀人动机。所以日怠井警部担心，指出这一点并非明智之举。

“言归正传，‘阿娘’十分笃定‘少爷’就在展览室内，于是不惜砸坏房门进去确认。现在问题在于她的行为是否自然。”

“您分析的也有道理。但是，毕竟常年生活在一起，有可能是出于某种无法用言语解释的直觉，这么想倒也没什么不自然的。”

换个角度思考，或许“阿娘”的直觉要比刑警和侦探的直觉来得更准。

“而实际上，她确实猜对了……所以你的意思是，她早就知晓‘少爷’在展览室被杀的事情了？”

“看具体情况吧。”

日怠井警部提出自己的观点后，悄悄地窥探起名侦探的反应。

但意外的是，今日子小姐并没有全盘否决这种可能性。

这不正是“怀疑第一目击者”的惯用手法吗？但是，如果先入为主地认为今日子小姐无罪，那自然会是这种结果吧？

“比如，‘阿娘’夜里偷偷杀死‘少爷’，采用某种手段对你催眠，把你搬到案发现场，握着凶器躺在尸体旁边，然后关上门，将房间密室化……等到时间差不多的时候，故意宣称‘少爷’不见了，自己伪装成案件的第一目击者……”

这种可能性也是存在的。

只要动员所有用人，不只是展览室，整个宅邸都将处于密室状态——类似于审讯室的密闭空间。

“日怠井警部，我有个疑问，宅邸内……比如展览室内，就没有安装监控器或者红外线感应器之类的防盗装置吗？我看调查报告里没提到这个呢。”

没提到当然是因为没有，若是有，自然会写进去。毕竟他家不仅雇用了保安，周边还安排了巡警，内部安保稍微放松点也是理所当然。即便是资产家，在家中也希望能得到放松。

怡然自得地待在看押室内的今日子小姐，感同身受似的回了句“也是呢”。

“不过好在展览室的门是锁着的。作为侦探，能碰到这种密室案件，我无比激动。”

“现在可不是激动的时候，就因为这点，你身上的嫌疑越来越大。”

“也是哦，可恶的密室。”今日子小姐依然面带微笑，语气沉稳地继续说道，“密室里有一个人被杀，另一个人就是犯人。这既不是推理铁则，也不是破案的惯用逻辑吧。也就是所谓的‘登场人物不超过三人就无法成立的推理问题’。”

听起来有点像后期奎因问题*，就不能起个精辟点的名字吗？命名的事情暂且不论，日怠井警部也有过这方面的疑虑。

单独一人的情况下，不可能会被杀；如果只有两个人，若其中一人死亡，按逻辑也能推断出谁是凶手。所以，至少要三人以上才能组成“杀人事件”。如果要套用今日子小姐刚才的说法，那这并非“三人以上才能成立的问题”，而是“两人就能实现的平胡”。

“当然，这种逻辑谜题般的悖论本身就不成立。因为如果只有两个人，一般不会引发杀人事件。”今日子小姐说道，“自相残杀也是有可能的。”

应该说，两个人反而更容易引发杀人事件。

---

* 后期奎因问题指作品中的侦探在最后提出的解答,无法在作品中获得确实的证明。——译者注

4

莫非她想拐弯抹角地强调自己是正当防卫？如果是这样，那确实可以算是“无罪”，日怠井警部十分困惑。

两人独处于密室。意识到自己的生命受到威胁，于是将对方杀害。若撇开“抢劫”二字不谈，这种情况确实有可能发生。

因为无路可退，干脆放弃逃跑，光明正大地在案发现场呼呼大睡。虽然不管怎么强词夺理，都无法让人接受“呼呼大睡”这一点，但至少杀人案件本身能解释得通了。

“你以抢劫杀人的嫌疑被捕的原因有三个。第一，因为你潜入了宅邸；第二，案发地点在藏品的展览室；第三，你手上握着作为凶器的古钱。如果手握凶器只是为了防身，那第三个原因可以忽略。接下来需要弄清的是前两个原因。”

“如何潜入宅邸这个问题，也必须要弄清楚呢。不过，日怠井警部，我可没想过要以正当防卫为借口，驳回起诉内容哦，毕竟我做这些并不是为了逃避起诉。”

“欸？是吗？”

日怠井警部一时间没反应过来。不过他很快明白，是忘却侦探的拿手好戏——覆盖式“网罗推理”开始了。

最快的优势。

如同将棋 AI 软件一样，以超乎寻常的速度，对所有可能性进行筛选。刚刚提到的第一目击者“阿娘”的犯人说，也只是其中之一。

“在密室中与男性厮杀，我可不觉得自己有丝毫胜算。但是，报告里说门是被撬开的。日怠井警部，这未免有点太着急了吧。即便‘阿娘’的直觉很准，也没必要急着撬门，完全可以等开锁匠来吧……可报告书里没有提及这点。”

问题劈头盖脸地砸来，日怠井警部完全跟不上名侦探的速度——毕竟调查报告以外的内容，他概不知晓。果然还是要去案发现场确认一下。直接找相关人员问话是必不可少的一道程序。

虽然有种被嫌疑人牵着鼻子走的感觉，但跑腿是刑警的基本工作。且不说调查现场百遍，至少不能连现场都不去，一直待在拘留室和嫌疑人讨论案情吧？

可名侦探正在进行“网罗推理”……不，正因如此，在弄清楚所有的可能性之前，有个问题必须要问清楚。

那就是，今日子小姐到底隐瞒了什么？

白发脑袋里的备忘录。

名为“我要睡了哦”的威胁手牌上，到底写了什么？

不能稀里糊涂地迷失在可能性中。虽然委托了对方协助搜查，但并不等同于刑警向侦探投降。

日怠井警部可没打算当陪衬。他觉得，只要自己先弄清案件的真相，当陪衬的就是侦探。虽然推理对决早就不是什么稀奇事，不过既然要玩，那就得公平。于是，不假思索地问出了这个问题。

“啊，那个啊，对对对，确实有这回事。不过我没放心上，毕竟都是一些细碎的小事，我明明没睡觉，却还是忘了。”

“……”

回应方式十分可疑。

欸，不对，等等。

她该不会想说，那是一张空牌吧。虽然日怠井警部在提出委托的时候，也考虑过这种可能性。可一小时前和现在的状况完全是天壤之别。

把人逼进无路可退的窘境后，却告诉对方其实是骗人的，自己什么都不记得，除了写在手臂上的备忘录，再无其他——这谁都无法接受。

“今、今日子小姐，你是在开玩笑吧？又在用这种侦探式的玩笑，玩弄刑警……”

“日怠井警部，千万别这样贬低自己的职业，这样可不好哦！我虽然很喜欢夏洛克·福尔摩斯，但同样也很喜欢科伦坡哦。对了，你知道科伦坡是谁吗？是日剧里的一名刑警哦，听说原型是警部补。”

休想利用刑警可能感兴趣的话题，试图蒙混过关——这才是科伦坡刑警的行事作风。能不能拿出点侦探风度。

“别急嘛，提前下岗的刑警退休金可不多哦。”

“退休金？为什么谈话前提是我被炒鱿鱼？”

日怠井警部很想狠狠抓住铁格栅。

事到如今，不管今日子小姐是否有罪，他也只能站在她那边，现在两人是共命运的关系。确切地说，如果不能证明今日子小姐无罪，问题可就麻烦了。

但想到要因为这个低声下气，日怠井警部就倍感屈辱；对名侦探来说，双方同样是命运共同体。可万一她忘记这一点，那可就伤脑筋了。

要是真忘记，事情就难办了。

“没有啦，日怠井警部补，怎么可能骗你呢？”

“别轻易给我降级，即便论原型，我也是警部。”

“也对，起码目前是。”

“今日子小姐。”

“开玩笑开玩笑，你这次出人意料的表现，绝对能让你出人头地的，相信我！”

“……”

今日子小姐给人的感觉不像侦探，倒像个手段高明的骗子。应对这种高智商嫌疑人本不该是搜查一课的工作。

但是……

如果就这么轻易放弃，那可就对不起冤罪制造机的头衔了——虽然日怠井警部也很想早点摆脱这个污名。

“还以为你藏在脑中的备忘录，能确保你自己的清白，是我想错了吗？”

“你没想错，当然能，否则我也不敢把自己排除在嫌疑人候选行列之外……我脑中的情报让我确信‘我绝对不可能干这种事’。但是……我想说的是，现在即便说出来，也对你的搜查工作起不了任何帮助作用。”

今日子小姐的意思是：之后再告诉你。知道她并没有忘记，日怠井警部暂时安下心来。但即便如此，“真的不是空牌吗”的疑虑依然在他的脑中挥之不去……之后是什么意思，要拖到什么时候？

“我的意思是，等专家来了再公布。你不是说后续安排我们见面吗？如果我的专家隐馆厄介先生在场，或许能更正确地理解我记忆的含义。也就是说，我需要一个第三方见证人。”今日子小姐说道。

今日子小姐轻松的语气中透着一丝“被迫认罪”似的无奈。但日怠井警部却有种被人连扇巴掌的感觉。

简直是巴掌二连击。

说白了她就是在担心，如果在拘留所公开作为撒手锏的搜查情报，某种意义上相当于“公开秘密”，那我……甚至整个警署都有可能对此事封锁消息。

作为委托条件，要求翻阅前任警官整理的调查报告这点还能理解，可今日子小姐为什么坚持要见隐馆？她至今没有给出合理的解释。日怠井警部猜想，也许她只是为了弄清自己的身份，与案件没有太大关系。看来，今日子小姐是希望隐馆能以公平的第三者身份，倾听她的陈述。

如此一来，不管那个“秘密”对有过“误逮捕”前科的警署多么不利，不管有多难接受，都无法轻易抹除，更没办法封锁消息。

别看她有说有笑，看似无比放松，甚至厚脸皮地要求警官为她准备衣服和晚餐，但其实这人一点也不信任警察。

不，也不能说不信任，毕竟身处戒备森严的看押室，凡事都由不得自己。但唯独关键的主导权，被她当成钱包吊绳似的紧紧攥在手里。她总擅长从有限的选项中选出最有利的那个。

或者说，对自己最有利的那个。

擅长不动声色地抓住人心的名侦探，也把自己的心握得紧紧的，力气大到手指深深陷入心脏，几欲将其捏碎。虽然日怠井警部是那种即便公开情报，也不会敞开自己内心的人。可对侦探来说，别说是日怠井警部，她连自己的内心都没办法打开。

突然让人不禁心生怜悯。

侦探表面说着一些自信的话语，日怠井警部也从头至尾表示赞同，但或许，最不相信名侦探无罪的，其实是她自己……

反面的反面就是正面吗？

侦探的这种态度让日怠井警部产生的不是同情，而是愤怒。可就在他不知该如何回复的时候，口袋里的手机响起了来信提示音。

是那个前去寻找撬锁工具的年轻看守员发来的。该说这信息来得巧呢，还是不巧呢？

但消息内容不是“已经找到工具，马上回来”，而是“专家隐馆厄介来警察局了”。多半是在接待处碰到的吧。

虽然本人没有那个意思……但掟上今日子的专家——那个形迹可疑的弓背青年的到来，多少能让那颗被禁锢到几欲碎裂的心，得到些许的放松吧……

唯独这一刻，日怠井警部的脑中冒出了与案件无关的想法。

5

就这样，我终于再次见到了今日子小姐。

或者说，初次见到。

第六章

隐馆厄介的探访室&掟上今日子的秘密曝光

1

走进千曲川警署探访室的那一刻，我就已经有了相应的觉悟。毫不夸张地说，我对拘留所（不仅限于千曲川警署）的状况了如指掌。所以，我十分清楚今日子小姐当下的处境有多么艰难。

因为我太熟悉了。

不管是否是冤罪，那里的环境都很容易让人感到绝望。但今日子小姐比我坚强，即便身处残酷的拘留所，也能优雅从容地应对——尽管我很想这样说服自己，但眼下的状况不容乐观。

尤其想到同件衣服从不穿两次、引领侦探界时尚的今日子小姐可能会被迫穿上统一的橘黄色嫌疑人连体服，我就倍感不安。可即便如此，还是要做好相应的心理准备。

今日子小姐肯定会想办法拉拢警署里的人，没错，拉拢里面的女警官，让她帮忙准备一身时髦的衣服。我硬着头皮边安慰自己，边战战兢兢地走进了深夜的探访室。然而，眼前的状况完全超出了我的预想。

亚克力玻璃的另一侧，今日子小姐身穿制服现身。

虽然她曾经也在侦探活动中穿过非海军样式的水手服，但这次的制服并非孩童款式，而是警官用制服——也就是说，今日子小姐现在是制服警官的打扮。

帽子也像模像样地戴在头上，俨然一副女警官的模样，如果不是帽子底下露出的白发，乍看之下根本认不出是今日子小姐。

欸?

我疑惑地看向在今日子小姐身后反手关门的日怠井警部，警部俨然一副嚼碎了苦虫的表情。不，应该说，他自己就像那只被嚼碎的苦虫。

“初次见面，你好，我是侦探掟上今日子。或者说，是嫌疑人掟上今日子；或者说，是女警官掟上今日子。”

今日子小姐坐到椅子上，将帽子放在一侧，朝我低头行了个礼。虽然探访室被亚克力玻璃隔开，但面对身穿警官制服的今日子小姐，我有种来窗口商谈的错觉。

“我……我叫隐馆厄介……初次见面，你好。”

我应该这么回应吧。说了成百上千次的“初次见面你好”。

我也跟着坐下，仔细地打量起今日子小姐身上的衣服——虽然我这次不是以嫌疑人的身份，而是以忘却侦探专家的身份被唤来警署，但我毕竟是冤罪大师，她的这身警官制服打扮倒也应景。

从做工来看，应该是正宗的制服，样式完全符合警服的标准。并非变装用的仿制品，也非警备员的制服。

“穿成这样真是失礼了，这也是为了掩饰身份。”

“欸？掩饰身份？”

忘却侦探本身就是个神秘的存在，按理不需要什么过多的掩饰。

“其实就是变装，说来挺难为情，毕竟会面时间定在大半夜，从拘留所前往探访室途中，必须要变装才行。”

因为在警署里，也只能变装成警官了。今日子小姐寻求同意似的看向日怠井警部。

日怠井警部将目光别向一边。如同一个没有达成共识，被迫参与案件的共犯。

想来也是，深夜把嫌疑人从拘留室里放出来，传出去必然不好听。而且还要委托嫌疑人秘密协助搜查，当然要暗中偷偷进行。但话说回来，这些都是在警署内进行，按理没必要穿制服。

这一点十分可疑。

肯定是今日子小姐单方面要求的吧。虽然早就猜到，从我面见围井小姐到接到日怠井警部传唤的这段时间里，今日子小姐不可能老老实实待在拘留所里（至于日怠井警部是如何向今日子小姐提出的搜查委托，虽然对方没说，但从现状也不难猜出，肯定是受到了今日子小姐的恶性威胁），但忘却侦探行事的蛮横程度依然超出了我的想象。

我错了，我需要的是另一种层面的觉悟。

按照约定如期赶来警署的做法果然太过草率……现在岂止是背负冤罪这么简单，一旦知晓这些内情，我就会变成非法行为的共犯。

也就是从犯。

无视我和日怠井警部忐忑的心情，很少会穿上警官制服的今日子小姐看起来心情很好的样子。任谁也不会想到，她在进入这个房间前，手上还戴着手铐，身上还捆着腰绳。先不管这些，我总不能一直盯着她看。

虽然面见嫌疑人的规则早已形同虚设，但眼下时间十分有限，我把注意力从今日子小姐的穿着上挪开。

“今日子小姐，你现在有多困呢？”

2

日怠井警部对隐馆的话题切入方式感到有些吃惊。

虽然进入探访室后，隐馆对坐到与平日相反侧的座位上感到有些不安，但不愧是“专家”，在看到今日子小姐制服装扮的那一刻，他显得十分镇定。

他没有急着打听日怠井警部尚未公开的案件详情，也没有询问半夜传唤自己的原因，而是优先确认起忘却侦探的睡眠状况。

这个问题简短而直接，但确实有必要确认。可能因为如愿穿上了制服的缘故，忘却侦探看起来精神抖擞的样子。但这人毕竟是嫌疑人，当然不会在日怠井警部面前示弱。

说不定是在强忍睡意。

这人不可信，任何方面都是。虽然看起来精力充沛的样子，但对她来说，今天绝对是极其疲惫的一天。

而且这样的“今天”还没有结束。

会把“确认睡意”摆在第一位，看来隐馆比想象中更可靠。日怠井警部对他的看法有所改观，但当事人今日子小姐却不以为然地回答道：“没啊，我一点也不困。”

她的脸上依然带着泰然自若的笑容，与对待日怠井警部时的态度别无二致，即便在专家面前，她也不会轻易卸下伪装。

话说回来，隐馆虽是置手纸侦探事务所的常客，但对“今天的今日子小姐”来说，他们不过是“初次见面”的关系，所以，应对态度大致相同也是理所当然……但奇怪的是，面对今日子小姐此般冷淡的态度，隐馆丝毫没有动摇。甚至还露出了安心的神色。

太可怕了。

对于青年的可疑态度，日怠井警部很想问个究竟，可这里毕竟是探访室，并非审讯室……而且，也许隐馆是看到今日子小姐在拘留所里的状态一如往常，所以才会感到安心。

虽是冤罪制造机，但日怠井警部也不想对同一个人施行两次误逮捕，还是先静观其变吧。

“静观其变”——要是能在接到前往第四审讯室命令的时候做出这种决断，也就不至于牵连整个警署了……

算了，避免不了的，毕竟这是工作。

非要说的话，明明不是自己的工作，却还是如约来到曾关押自己的警署的隐馆，才是勇气可嘉。

时常挂着一副笑脸的今日子小姐，与时常战战兢兢的隐馆。不知别人看到会怎么想，反正在日怠井警部看来，根本分不清哪个才是嫌疑人。

虽然对方态度有些高傲，但至少得到了答案，隐馆再次向今日子小姐提问。

“那我到底该怎么做呢？如果能帮到你，我倒是乐意效劳……”

按理说这才是最初就该提出的问题，而且隐馆问的不是“为什么要叫我来”，而是“我该怎么做”，俨然一种接受委托的语气。听说忘却侦探身边没有配备助理，莫非隐馆经常像这样协助忘却侦探调查案件？

不是作为委托人，也不是作为专家。

如果是这样，那基本不能奢望回报。

因为不管他多么努力，今日子小姐一觉醒来都会忘个干净。想到这里——“隐馆先生，比起这个，是不是应该先确认一下事件的详情比较好？”

本打算在一旁观望的日怠井警部，没等今日子小姐做出反应，便条件反射地插入话题。可能不想看到本与此案毫无关系的青年，在毫不知情的状况下，莫名地被忘却侦探卷入整个案件，正如日怠井警部与整个千曲川署所遭遇的那样。

虽然是日怠井警部负责联络的隐馆，但状况从那刻起就已经发生了变化。忘却侦探要求面见隐馆的目的在于，让他充当公证人。

可总不能在一无所知的情况下接下这种任务吧。日怠井警部本打算帮他一把，然而……

“嗯，我也尽自己的努力，调查过今日子小姐被捕的案子……”

隐馆朝日怠井警部投去无力的微笑。

嗯，真是意外。看来他并非被迫卷入这个案件。

仔细想想，隐馆平日与名侦探来往密切，不可能没有任何消息来源。莫非为了弄清还未报道的杀人事件，他雇用了其他侦探？

像是看穿了日怠井警部的想法般，没等在场人问出口，隐馆便主动解释说：“放心，今日子小姐，我没有委托其他侦探，我只是向一位中立公正的记者了解了点情况。”听起来很是轻松的样子，但实际并非如此。

虽然行事风格完全相反，但两人有个共通点——不能被他们的外表所迷惑。

“哎呀，感谢你的良苦用心。”

今日子小姐行了个礼，抬起头的时候，自顾自地嘀咕了句“中立公正的记者吗”。

“但是，如果消息泄露给了记者，那就不能盲目乐观了。即便不是最快侦探，也得加快速度调查才行。而且，如果那个记者真的是中立公正的，那应该不会把案件的所有情报都告诉你……那个，我可以称呼你为‘厄介先生’吗？”

“当然可以！”

“如果那个记者真的是中立公正的，那应该不会把案件的所有情报都告诉厄介先生，对吧？毕竟要保护个人隐私和情报源。所以，我要从事件当事人的角度，为你提供一些更详尽的内容。事不宜迟，现在开始吧。”

什么当事人的角度，明明全是从报告书里得到的情报。不过，今日子小姐以更精简的方式对案件进行了概括，并分享给了隐馆。

摘要版——三分钟弄懂抢劫杀人。

但是，厄介先生？为什么直呼其名？

而且，为什么青年听到侦探这样称呼自己，会露出难掩欣喜的表情?

3

听到今日子小姐称呼我为“厄介先生”，我打心底感到高兴。日怠井警部似乎有所察觉，一直用怪异的目光看着我。不过无所谓了，反正我在他眼里也不是什么冷酷人设。

岂止如此，即便在此次的案件中，因举止怪异再次被误逮捕，我也毫不在乎。我似乎迷上了会被叫作“隐馆先生”或是“厄介先生”的侥幸式赌博。当然我也知道，沉迷这种刺激并不是好事。

这些暂且不论，多亏今日子小姐的专业态度，我的状态比刚进来时要好很多。对比围井小姐提供的情报，我已经基本掌握了整个案件的情况。

龟井加平先生=十木本未末先生。

因为习惯了最初的化名，突然要换成真名有点困难。不过，作为忘却侦探的专家，怎能连重置称呼都做不到。

从这罕见的名字来看，大致能猜出龟井先生……十木本先生是哪个银行创始人家族的一员，不过，还是点到为止……嗯，感觉会越挖越深。

万一知道太多被灭口怎么办?

忘却侦探可以用忘记的方式保命，我可不行……事到如今，我甚至有点担心自己能不能安全离开警署……为了把情报带给围井小姐（事先有过这方面的约定），我一定要平安无事地离开探访室。

“怎么样，厄介先生？我想先听听你真实的想法，作为专家，你觉得我是犯人吗？”

好难回答的问题。

第一，今日子小姐肯定没想过要采用或参考我的意见，她不可能是为了这个才把我叫来这里。

但名侦探也有可能是在向助理寻求提示，我可不敢直接无视。而且我也无法想象自己忽视今日子小姐提问的场面。总之，先如实作答吧。

“从各种角度来看，确实会感到疑惑。但至少，抢劫杀人这条线的可能性很低……即便你是偷偷潜入的展览室，既然是睡着的时候被发现，那等于你什么都没偷走。”

“这分析角度跟无德律师有的一拼。”日怠井警部冷不丁地插话道。

我只是把自己的想法如实地说了出来，并没想过要为今日子小姐洗脱逮捕嫌疑。但在刑警看来，却更像是诡辩。

竟然说我无德，真是太过分了。

“但凶器是当中的藏品之一，在今日子小姐将其握在手上的那一刻，抢劫嫌疑就已经成立了，不是吗？”

日怠井警部以法庭辩论之势毫不客气地反驳起来——可我不是无德律师，而日怠井警部也不是铁面无私的监察官。不过，这么说也合乎道理。

但如果展览室处于密室状态，没有物品被带离现场，那也只能算抢劫未遂——具体要看物品价值吗？

那枚刀剑形古钱到底值多少钱呢？且不论考古学方面的价值，那肯定不是高等游民的藏品中最值钱的一个。当然，用不着日怠井警部提醒我也知道，这种想法不过是在为整理思绪拖延时间而已。

“虽然证明某人不是某个案件的凶手有点像魔鬼证明*，不过姑且可以反过来想，要证明今日子小姐无罪，需要哪些条件。今日子小姐被当作头号嫌疑人的要素有哪些。”

“有哪些呢，侦探先生？”

今日子小姐故意模仿我的语气，饶有兴致地插入话题——这人真是一点紧张感都没有。

“话说在前头，魔鬼证明可不是投机取巧的诡辩哦？我想问的是侦探的证明。”

* 魔鬼证明（devil’s proof）指证明起来极其困难的事情。——译者注

“第一……”我毫不避讳地陈述起自己的想法，“第一，今日子小姐是如何进入十木本先生家中的呢？出现在一栋时常有人巡视的宅邸中，会被怀疑非法入侵并不奇怪。但如果不是非法入侵呢？如果今日子小姐是以侦探身份，接到十木本先生的调查委托，被请到宅邸里的，那就不是非法入侵。”

忘却侦探与世人素无往来，只可能以委托人的身份接近他人——也就是这种观点的延伸。

“嗯，听起来有点牵强。”

这次挑刺的并非日怠井警部，而是今日子小姐……拜托，饶了我吧。

也许是因为看到有人模仿自己的网罗推理风格，心里十分不满；又或许是如此近距离地看到有人搬弄自己的技巧，即便隔着亚克力玻璃，也深感拙劣。

“但是，这样一来，就能解释为何犯人能躲过巡警的耳目。如果内部有帮手，而且那个人还是宅邸的主人。”

“如果是正式被邀请进去的，那也就没必要偷偷摸摸了吧？完全可以跟执勤的警察打个招呼，光明正大地从正面进去。”

嗯，也有道理。

为什么要接受本人的质疑？我看向日怠井警部，他却甩来一副“莫看我”的表情。怎么能这样。

不过，这人本性并不坏（当然原本也不是坏人）。

“如果十木本先生是委托人，会选择绝对遵守保密义务的置手纸侦探事务所，那表示他希望尽可能对委托内容保密。倘若他也不想被宅邸的用人和巡视的警察知晓委托的事情，那就只能偷偷将侦探请进宅邸。”

日怠井警部给出了足以让专家相形见绌的精彩解释。

漂亮！真希望在误逮捕我的时候也能拿出这种本事！

“所以，反过来说，只要弄清楚委托内容，只要能证明十木本先生是我的客户，就能解除一条嫌疑人要素对吧？虽然有点为难，就给你一个特别优惠价吧。我够善良吧，厄介先生？”

今日子小姐完全站在打分者的立场上。

这人是地轴还是什么？

“那第二点呢？”

在“白发地轴”的催促下，我继续了自己的网罗推理。

“第二，毫无疑问，是密室。展览室这间密室中只有两人，一人被杀，另一人被定为犯人的三段论法确实简单，而且看似毫无破绽。但至今为止，今日子小姐撬开的密室少说有一两百个，如此想来，似乎也并不绝对，不是吗？”

如果展览室并非密室，那今日子小姐就不是唯一的嫌疑人。

“那手里的凶器呢？怎么解释？”

这是日怠井警部提出的疑问。

气氛从法庭斗争转变成了头脑风暴。因为隔着亚克力玻璃，现场变成了我VS嫌疑人&刑警的怪异头脑风暴组合。

“凶器……案发现场，沉睡中的今日子小姐紧握的那把带血的凶器对吧？嗯，确实太过可疑。但是，换个角度思考，或许是有人趁今日子小姐睡着的时候，把凶器塞到她手里的呢？”

“一会儿反过来推论，一会儿换角度思考，厄介先生，你真够忙的啊。”

看来不能指望今日子小姐为自己说话，她并非对我的模仿表演感到不满，纯粹只是在玩味而已。

明明换角度思考的是我，反过来推论的是今日子小姐。

相比嫌疑人，日怠井警部的态度要显得稳重很多。

“让睡着的人握紧某样东西，这做得到吗？就算强硬地塞进去，也会很快掉落吧。”

噢，好锐利的观点，比作为凶器的古钱还要尖锐。怎么说呢，实际没有试过，我也不是很清楚。但从常识角度来思考，要让一个睡着的人握紧某样东西，即便不是绝对不可能，也绝非易事。

既不能强行叫醒对方，也不能用绳子绑在对方手上。如此想来，也只有本人主动握紧这一种可能性了——不，这种观点也不一定妥当。为什么要握着能将自己和杀人（或者抢劫）联系起来的凶器睡着呢？不可能是因为嫌疑人晕血。

因为那人可是仗着“反正明天就会忘记”，能若无其事地进入各种足以让人作呕的惨烈现场的今日子小姐。

这点专家敢保证，甚至敢盖章担保。

“既然如此，那除了我手握凶器这一点，我为什么会在现场睡着这个问题，也有必要弄清楚吧。”

今日子小姐提醒似的说道，但是，还没等我思考当中的含义，忘却侦探以“厄介先生此番的推理重点在宅邸整体的密室性与展览室的密室性上呢”对我的见解进行了总结。

“也就是双重密室，你觉得这非常关键。”

“没错。”

有警官巡视的密室与上锁的密室。

只要能解开这两个密室谜题，就能打破今日子小姐是唯一嫌疑人的现状。

但今日子小姐似乎对我的见解并不满意，她不悦地噘起嘴。

“我有点怀疑，厄介先生你真的是我的专家吗？”

好犀利的点评。

今日子小姐假装失望似的长叹了口气。

不是，这明明是日怠井警部说的。我看向提出观点的当事人，但日怠井警部把目光别向了一边。

好歹看我一眼啊。

但是，令今日子小姐失望确实是我的责任……没有什么比无法迎合恩人的期待更让人感到遗憾的了。或许这时候就应该省去那些冗长的推理，坚定地告诉她："你绝对是无辜的！不管发生什么，我都会站在你这边。"

但如果今日子小姐坚持要我发表点专家的见解，这么说怕是会更惹她不高兴吧……这个人时常喜欢试探对方是否值得信任。在她眼中，"委托人都会撒谎"。

她会大半夜把我叫到这里，以玩味的态度讨论案件的事情，其实是为了试探我，看我值不值得托付——从目前来看，情况不是很乐观。

但是，作为今日子小姐唯命是从的信奉者，我怎能带着忘却侦探的失望，就这样灰溜溜地回家。

必须要亮出我的真本事，让她知道，我有帮助恩人的资格。

"我可是专家，我的目标是将来能出版一本关于你的书。"

"当你萌生这想法的那一刻，你就已经不是我的专家了……"

也是呢，好想把这话转达给围井小姐，毕竟她是记者。

那我就证明给你们看。我收起思绪，继续说道："我能准确地猜中你现在在想什么，以及接下来要说什么。"

"又要表演魔术吗？"

日怠井警部以小到刚好能被我听到的声音嘲讽道，看来在拘留所里发生了点什么。

但是，我这番话似乎激起了侦探的好奇心。今日子小姐饶有兴致地说：“听起来很有趣呢，那你证明给我看看。”

我清了清嗓子。

其实，也不是什么有技术含量的东西，不过是把一些听过成千上万遍的台词，提前复述出来而已。

“今日子小姐现在是这么想的，并且接下来会这么说——我从一开始……”

“就知道案件的真相。”

不愧是最快的侦探，竟然比我还先说出台词。

今日子小姐露出坏笑，朝我点点头。

“好吧，厄介先生，那我认可你是我的专家。”

4

日怠井警部感到十分震惊。

早就知道这个案件的真相？

这可不得了啊。

这两人隔着玻璃在干什么？一副像是在沟通感情的样子，现在是激动地隔着玻璃对指的时候吗？既然从一开始就清楚真相，那案子不就解决了吗？莫非这就是今日子小姐隐藏在脑中的备忘录？若真是如此，那可不是一般的备忘录。

事到如今，虽然有种被孤立的感觉，但必须要问清楚真相。如果有必要，还得把玻璃对侧的隐馆带到这边来——作为共犯逮捕起来。

兴许是感知到了危险气息，隐馆连忙向日怠井警部解释：“不，不是的，这只是一句口头禅而已，就是平时习惯挂在嘴边的那种，不是真的从一开始就知道真相。”

什么啊，原来是这样。原来是忘却侦探的口头禅啊。

那这倒没什么，冤罪制造机解除了心理武装，但是，这种“解释”引起了今日子小姐的不满。

“哎——”

她长长地叹了口气，阵势比刚刚还要夸张。莫非是看到隐馆没理解她的用意，对他更失望了？

“真是意外，没想到我的经典台词在你看来，竟然只是口头禅。厄介先生，我看你不是专家，是笨蛋才对吧？”

好犀利的评论。

但看到隐馆面带苦笑，日怠井警部猜测，这或许是“今日子小姐的常态”。

“那轮到我证明了。”

今日子小姐毫不退让。

兴许是在较劲，她背对着日怠井警部，头也不回地说道。

“日怠井警部，虽然时间有点早，不过我打算履行约定了。”

“约定？”

“用搜查情报换取我脑中部分情报的约定。告诉你我隐藏了什么秘密吧。”

哎呀。

一番折腾之后，终于要揭开秘密了吗。

隐馆没有丝毫惊愕之色。正如笨蛋，不对，专家所预测的那样，今日子小姐确实留了一手。

“果然就像隐馆先生猜测的那样，你除了左臂上的个人简介，还隐藏了其他备忘录。对吧？”

为避免让自己看起来太过在意，日怠井警部尽量保持冷静，装作从一开始就知道的样子，但声音还是难掩激动——相反，今日子小姐却异常平静。

“确切地说，不是文字方面的情报，而是‘昨天的我’留下来的暗示情报。”

不是文字？那是什么？

暗示情报？隐馆也露出了惊愕的神情。

“今日子小姐，你到底是什么意思？”

隐馆探出身子。

看来他也觉得今日子小姐这番话“不同寻常”。

“厄介先生，你的理解力真令人担忧啊，你就没有从中领悟到一点什么吗？”今日子小姐再次叹了口气，“你刚刚不是问为什么我会握着凶器睡着吗？答案就在这里啊。”

今日子小姐暗示道。

侦探边暗示，边指向玻璃对面。但这次隐馆并没有回指，而是露出讶异的表情。

“凶器就是暗示情报吗？那把带血的刃器本身隐藏着什么情报……”

隐馆自己都觉得有些不可思议，没有再往下说，日怠井警部同样感到难以置信。

如果凶器就是情报，那没必要握在手上吧。这样想不被人注意到都难，毕竟是证据物件。可今日子小姐却在睡着前，拼命地将其握在右手中——右手？

“那也就是说，关键不在右手，而是在左手吗？”隐馆战战兢兢地说道。

“正是。”

说着，今日子小姐打开左手，高高举起。

对啊。魔术师展示右手的时候，往往是为了掩护左手——也就是说，今日子小姐会用右手握着带血凶器，单纯是为了转移第一目击者与警察对左手的注意力。

这么说，暗示情报——备忘录就握在她的左手里。

“当然，这办法也并非万无一失，万一有人看到我右手握着证据物件，想顺便确认一下左手有没有什么线索，那情报就很容易暴露。但‘昨天的我’八成是想用手握带血刃器的冲击画面拖延时间，直至自己醒来。也是不得已出此下策呢。”说完，今日子小姐活动起高举的左手，一会儿打开，一会儿握紧，一会儿又比起剪刀手。

日怠井警部还是第一次见到有嫌疑人在探访室比剪刀手。

“如果用笔直接写在皮肤上，那搞不好会在睡着的时候被人看到。相对地，如果是将‘某物’握在手中，那至少在我打开手之前，不会有人看到。”

说这些未免有点多余，现在关键是握在手里的究竟是什么，如果不是直接写在手掌上的情报，难道是信？那也行不通，被捕的时候还是会被没收。

如果醒来的时候没有握在手中，那就不会将其视为暗示情报的物体究竟是什么？

“……”

日怠井警部咽了口唾沫，等待着今日子小姐接下来的话。但今日子小姐依旧维持着高举左手的姿势。

“再说我也没带笔。因为是忘却侦探，平时没有带笔记本、笔和手机的习惯，当然，也可以用被害人的血写字，但这有点……”

今日子小姐依然继续着毫无意义的解说。

嗯？最快侦探平时说话不会这么拐弯抹角啊。

莫非她不想让日怠井警部知晓这部分情报？所以左右言他，故意“话说一半”，那她最好想清楚后果。莫非她只想把“暗示情报”告诉隐馆一个人？休想得逞。

日怠井警部也有自己的坚持和操守。

不管用多小的声音暗示，日怠井警部都不会放过。“昨天的今日子小姐”究竟想向“今天的今日子”传达什么？

她的左手里究竟握着什么？

“当然，发现我的人可能会注意到我的右手。但我平时都在左手上留备忘录，所以醒过来后，我肯定会习惯性地先看左手。即便记忆会重置，身体的习惯依然不会变。”

啰唆而繁杂。

她到底要拐弯抹角地扯到什么时候？

如同对诱拐犯的电话施行反向探测一样——为了争取时间，转移犯人的注意力。

“啊！”

魔术师展示右手的时候，是为了掩护左手；同理，展示左手的时候，是为了转移他人对右手的注意力！今日子小姐正举着左手比剪刀手，那她的右手在——为时已晚。

等日怠井警部绕过来，今日子小姐已经用右手抹去了亚克力玻璃上的情报。数次以叹息作为掩护，在玻璃上留下的情报。

当然，在擦除之前。

今日子小姐用右手食指写下的情报，已经全部传达给了玻璃对面的专家。

原来戏剧性的对指动作，也只是为了转移我的注意力……

如同以电车窗户作为对话黑板的高中情侣，趁日怠井警部不注意的时候，暗中传达着什么。

在这个SNS盛行的时代，竟然用这种古板的交流方式……这两个家伙！

所以今日子小姐才会从一开始就坚持要在探访室见面。规则上来说，这也是理所当然，日怠井警部也没有任何疑问。可考虑到隐秘性，明明在拘留室更为妥当……

是因为这里有玻璃吗？

原本用于隔离嫌疑人与探访者的玻璃，变成了他们的留言板。难怪今日子小姐途中一直没有转头看日怠井警部。并非因为她游刃有余，只是为了用背挡住玻璃上的情报而已。愚蠢的是，日怠井警部一直在关注她左手的手势，根本没注意到她的背。非要说的话，她那个“V”的手势也十分应景。

Victory，侦探对刑警的胜利。

“隐馆厄介！”

这次一定要逮捕他！日怠井警部猛地站起身，瞪向隐馆。隐馆慌忙起身，虽然这是今日子小姐擅自做出的举动，但在他没有将此告知日怠井警部的那一刻，他们就构成了共犯关系。

察觉到日怠井警部的怒气，隐馆慌忙打了声招呼。

“那、那我先告辞了，今日子小姐，我会在今天内搞定的！”

青年逃也似的离开了探访室——确切地说，不是“逃也似的”，而是真正逃出了探访室。日怠井警部没法立刻追上去，亚克力玻璃挡住了他的去路。

来人啊——不行，这次并非公开会面，不能请求增援。带隐馆前来探访室的看守员现在已经回到了自己的岗位，这会儿正在维修单独拘留室的门锁。

“好的，趁我的记忆还没重置，好好加油哦，厄介先生！”今日子小姐朝着早已消失的青年的背影，声援道。

（加油？）

加什么油？

这么说，他不是因为害怕被日怠井警部逮捕才逃走的？那个青年到底从忘却侦探这里接到了什么委托？

5

就这样，我再次成为忘却侦探的助理——即非共犯，也非从犯，而是顶着警察的追捕，被迫接手的侦探助理。

接收到情报后，我率先要逃往的地方是——不，应该说，冷静地赶往的地方是——收藏家龟井加平先生（化名）的宅邸——十木本宅邸。

第七章

掟上今日子的妨碍执行公务罪&隐馆厄介的非法入侵罪

1

相比愤慨，日怠井警部更多的是惊愕——当然，事发当时，他也为忘却侦探露骨的背信行为感到愤怒过，但稍作冷静过后，他发现，这种恶作剧似的背叛，根本毫无意义——不仅没有意义，而且起了反效果。

日怠井警部根本没有损失什么，倒霉的反倒是忘却侦探。

那位叫隐馆的青年跑出去能干什么？

就算今日子小姐隔着玻璃传达了什么情报，隐馆又能帮得了什么？日怠井警部理解她不信任警察的心情。毕竟日本警察不是那种从不犯法、从不犯错的绝对公正组织。

其实，不管有罪无罪，把情报毫无保留地告知拘禁自己的警察，本身就很危险，所以才有沉默权这种东西。嫌疑人在审讯室保持沉默属于合法行为。如果她实在不信任日怠井警部或是警部这个头衔，那也无可厚非。

这些日怠井警部都能接受。

要怪就怪他太傻，像侦探小说中的刑警一样，被耍得团团转。

忘却侦探打一开始就抱着玩弄的态度，毕竟一方是民间私立侦探，一方是拥有公家权利的刑警。光凭这点，日怠井警部就不可能获得忘却侦探的信任。

但是，即便如此，也不能将任务委托给一个“初次见面”的小伙吧，她到底在想什么？隐馆的忘却侦探专家身份虽很符合今日子小姐的要求，可他只是个待业青年，并不是什么大人物。

忘却侦探怎么会出现这种选择失误，这完全不符合她的作风。莫非这就是所谓的大师也有笔误（智者千虑必有一失）？

“‘大师也有笔误’？不不，日怠井警部，应该是‘大师饥不择笔’。而且，我也没想破坏我们之间的约定啊。这是我早就设计好的双面作战。”

今日子小姐再次回到拘留室，脸上没有丝毫愧疚之色。不仅没有反省，还一副比先前更怡然自得的样子，仿佛在炫耀自己目的达成。

她身上依然穿着警官制服。

乍看像一个警官被关进了看押室，给人一种恶作剧的既视感。可是，这到底要持续到什么时候……

“今日子小姐，实话实说吧……我已经没办法再包庇你的行为。”

“哎呀，原来日怠井警部一直在保护我啊。那真是给您添麻烦了。”

真是话里藏刀。

但日怠井警部没空再陪她耍嘴皮子了，凡事都得有个度。

忘却侦探已经完全超出了日怠井警部的忍耐限度——不，是能力范围。

“上面也是考虑到我曾与你一起调查过案子，才把这次的案件交给我处理……本想看在你过往功绩的面上，尽可能对你照顾。”

“功绩？原来我还有过这东西啊，全都不记得了呢。”

“但现在已经不可能了，到了明早上班时间，案件就会移交给其他警官处理。推理小说般的玩笑到此为止了。你很快就会认识到，名侦探并非什么特权阶级，你的着装自由顶多也只剩几个小时。你以为睡一觉就会忘记？接下来的审讯你可别想睡得着。”

“哇，好可怕。”

“……”

日怠井警部并没有威胁的意思，但今日子小姐的脸上不见丝毫怯意——如此一来，反倒让日怠井警部感到有些内疚。明知道她接下来会遭遇什么，可他却无能为力。

冤罪制造机已经无法正常运作，但至少要弄清楚隐馆去了哪里，以及他从忘却侦探那接到了什么任务。

暂时派负责看守的年轻警员前去追踪了，但出发时间晚那么多，追上的可能性不大。

“哎呀，放弃了吗，日怠井警部？那真是伤脑筋呢。”

“伤脑筋？你有什么伤脑筋的？”

“我说的‘大师饥不择笔’是‘哪只笔都要’的意思——厄介先生已经行动了，如果日怠井警部还不出动的话，那我的最快速度就没办法实现了。”

“……”

“电椅侦探即便是坐在拘留室里，也一样是最快的哦。我不告诉你‘左手’的情报，是为了设置情报差，让你和厄介先生朝不同的方向行动，你不出动我可就伤脑筋了。我不是说过吗？这是双面作战。我要的是同时破解双重密室，而不是逐一破解。不然明早上班前根本来不及。”最快侦探如是说。

2

什么双面作战，不过是被放在天平两端衡量而已。

原本被“无计可施”的无力感包围的日怠井警部，突然得到暗示说“还有事可做”，再也按捺不住自己。他原本就没打算坐以待毙，更没想过要一直无所事事地守在拘留室。

遗憾的是，忘却侦探并不知晓日怠井警部究竟领悟到了什么。

她试图通过适当保密，来控制日怠井警部的行动。通过提供少量情报，让负责调查的警官为她所用——何等可怕的嫌疑人。

但她也并非一开始就打算这样吧，从她与隐馆的对话来看，绝对是中途想到的作战方案。

如果提供同等的情报，日怠井警部与隐馆就有可能采取相同的行动。所以忘却侦探想通过设置情报差，将他们引向不同的方向。为了提高成功率，她甚至不惜冒着背叛警察的风险。可就算作战方案成立，她又能得到什么呢？

无罪释放？免遭起诉？

至少可以改变起诉内容——还是说，可以争取缓刑？

但今日子小姐的重心似乎并不在这里，她说的“我可不想被起诉”到底有几分真实呢？还是说，这只是她采取的某种法庭战术？这些暂且不论，她始终站在侦探的角度，全身心地致力于案件搜查。

也许她就是为了解决案件，才用强硬的手段迫使日怠井警部提出委托。若真是如此，那她到底为了什么？

主动掉入陷阱……

日怠井警部的大脑一片混乱。还是先从身边的事情开始入手吧，日怠井警部决定去检查今日子小姐进入拘留室前被没收的个人物品。

既然今日子小姐不肯清楚地告知如何行动，具体该做什么，那就不能依靠她，先从简单的事情做起。话说回来，就算她说了，我也不一定会照着她吩咐的去做。总之，我已经彻底被她玩弄于股掌之间。

但检查个人物品也并非例行事项，只是受到了忘却侦探与专家的“会面剧”的启发。虽然在关键时刻被摆了一道，但“手握凶器是为了掩护另一只手上的东西”的假说倒颇有价值。

本人留下的暗示情报。

倘若被发现的时候，今日子小姐的左手上正握着某样具体的东西，那她应该没时间处理——如果她一醒来就已经被警察包围，那根本没机会丢掉或者藏起来。

所以，那东西没有离身。

一直被忘却侦探握在手里，难怪她在被捕的时候没有丝毫抵抗。如此说来，那个暗示情报，或者说物证一定还藏在她的个人物品中。

虽然有点像“愚蠢刑警”的牵强推理，但也并非毫无可能。

但最终，日怠井警部的期望落空。

当然，如果真有什么可疑物品，应该在搜身的时候就已经被发现。日怠井警部也想过，说不定那是一件不起眼的物品，嫌疑人没有将其握在手中，而是混在了其他物品里。但事实上，今日子小姐的个人物品中，根本没有任何“疑似物品”。

她被捕的时候基本两手空空。

即便是秘密机构的间谍，多少也会带点私密性的物品。可她却什么也没有。这就是极端秘密主义者——绝对遵守保密义务的忘却侦探的作风吗?

不仅仅是没有带手机、笔记本这么简单。

而是除了衣服和现金，其他什么也没有。

衣服虽看似时尚，但很大程度得益于搭配，拆散来看，每件都很普通，是那种随便去哪儿都能买到的成品服饰。根本无法推断出购买的时间和地点，而且连标签都慎重地剪掉了，应该不是为了隐藏清洗方法吧。

至于现金，她连个钱包都没有。只是在口袋里放了些用时尚钱夹固定的纸币，外加一些零钱，金额并不大，但足够一个人一天的生活费。当中还混杂着少量的外币，该不会是为了方便紧急时刻逃往海外吧……总之，可以从中看出她行事的严谨。

不过，外币用的是欧元而非美元这点，给人一种古板的印象。又或许，那只是她前往欧洲办事期间用剩的零钱。

感觉这人除了钱和时尚，其他什么都不信任……要想与她进行对等的情报交换，简直是痴人说梦。

这方法显然行不通。

那绝对是一种即便丢在路边也很难引起注意的“东西”。

只能跑腿了——好吧，跑腿可是刑警的绝活。刑警就是靠跑腿吃饭的。所谓现场百遍，接下来终于要去作为杀人现场的十木本宅邸了吗？虽然现在已是深夜，但日怠井警部负责这个案子的期限到明早截止。明明不是忘却侦探，却被迫设上了时间期限，真是太不公平了。

对了，隐馆离开警署后，会不会赶去十木本宅邸了？

一旦出现这种直觉，就再也无法打消。

如果无法前去现场确认的忘却侦探派了自己的专家前往现场，那日怠井警部必须要去。

但至于能不能逮捕，就不好说了。冷静下来想想，都不知道以何种嫌疑施行逮捕。

虽然没办法撬开今日子小姐的嘴，但那个青年可不是什么绝对保密主义者……虽然忘却侦探并不希望看到“日怠井警部逮捕隐馆厄介”这种展开，但日怠井警部已经无计可施，只能出此下策。

再说了，同时破解双重密室什么的，根本就不可能。

如果今日子小姐在玻璃上留下的情报，将隐馆导向了十木本宅邸，那他负责的密室，应该就是内侧密室——展览室吧。

因为也只有那间密室需要凭借侦探左手紧握的“东西”来破解，“昨天的今日子小姐”同样是绝对严守保密义务的忘却侦探。

如果今日子小姐得以突破第一重密室——警亭的景观与巡视的警车，成功进入十木本宅邸的理由是“被害人是委托人”，那不管出于什么情况，她都绝对不会泄露委托内容。

不管对方是警察还是专家。

所以，反过来想，隐馆接到的委托很有可能是前往展览室。利用排除法，那日怠井警部负责的就是外侧的密室。也就是要证明十木本未末就是邀请今日子小姐偷偷进入自家的委托人——最好还能弄清委托内容，如果可以的话。

这一点违背忘却侦探的信条，自然不能指望她帮忙吗？

尽管心有不安，但至少在前往十木本宅邸前，日怠井警部还有事可做……仔细想想，如果隐馆真去了十木本宅邸，怕是第一重密室……警察巡逻那关都没办法突破吧。

毕竟才刚发生杀人案件，周围必定戒备森严。而且如果能突破第一重密室，他就不是冤罪受害者了。

3

成功突破。

那是不可能的事情——尽管在今日子小姐的催促下，我二话不说赶来了十木本宅邸，但周边全被公权势力保护了起来。至于如何潜入宅邸，我根本一点头绪都没有。

无计可施，更无计划可言。

今日子小姐虽号称最快侦探，但背着身后的日怠井警部，趁着短暂的时间能够传达的情报十分有限——不，或许并非如此。如果真想传达，今日子小姐完全可以给出更具体的提示，她甚至可以在探访室，向我和日怠井警部提供详细的解答。

“我从一开始就知道案件的真相”——今日子小姐依然是我所熟悉的那个忘却侦探。根据我以往的经验，今日子小姐每说出这句台词，虽并非真的“从一开始就了解真相”，但基本可以肯定，她已经解开了谜题。

既然今日子小姐已经摸清了事件的真相，那为何不公开？

因为身处警署这间密室，在被拘禁的状态下，不管怎么解说“真相”，都有可能得不到重视。纵观历史，这类冤罪事件时有发生，这并非过度防备。所以才会让我充当第三方证人，并且对我进行再三试探后，将任务委托于我。

为了保护证据。

能接到今日子小姐的委托，说明她足够信任自己……说实话，我很开心。

但是，今日子小姐也未免太过谨慎。

虽然来到了十木本宅邸，但我并不确信这么做是否正确……今日子小姐并不确信是否能背着日怠井警部成功将左手里的情报传达给我，所以她没有直接写出来。

而是进行了暗号化。

具体如下：

“1234”

今日子小姐故意在玻璃上呼了口气，用食指写下了这几个数字——一千二百三十四？

意外的是，日怠井警部很快发现了端倪。

今日子小姐很可能还没写完就匆匆擦掉了——所以，真正的情报有可能不止“四位数”，还有一部分没来得及写完。照这样推测，那这排数字的指向十分明显。

是密码。

有可能是杀人现场——十木本宅邸的展览室的密码。

当然，“1234”就跟生日、电话号码一样，是最不适合作为密码的代表性数字列。莫非要利用某种方程式进行最优化？要想弄清这点，只有前往被撬开的展览室亲自查看方能知晓——也就是现场验证。

虽然我与今日子小姐心灵相通（单方面）地走到了这一步，可至于接下来要如何进入展览室，我根本毫无头绪。

我到底该怎么办才好？

第二重密室的外侧是无法攻克的壁垒。对冤罪体质的青年来说，巡警与警亭都是水火不容的存在。只要我稍作靠近，就有可能被逮捕。如果日怠井警部猜出了我的去处，向附近的警察发布消息，我绝对会被通缉。真是进退维谷。

可也不能就这样坐以待毙。

做出这等逆反行为，今日子小姐怕是没办法再悠闲地享受变装的乐趣了。如果日怠井警部已经发起追捕，那我必须要尽早完成任务，否则迟早会被抓。

或者说，被逮捕。

我很了解自己。一旦被逼问“今日子小姐究竟说了什么”，我必然会如实作答，更何况对方是日怠井警部。

虽然这也是迫不得已，但今日子小姐不一定是因为“自身被捕，无法信任警察”，才没有完全公开情报。考虑到这点，我必须要尽可能地坚持。

如果忘却侦探有自己的考量，那我必须要在她忘记这些之前，做一些力所能及的事情。

但我得到的情报大部分都经过加密处理，别看今日子小姐总是一副笑意盈盈的样子，其实她谁都不信任，所以才没有把“1234”的具体含义，具体代表的东西告诉我。

能被今日子小姐的手掌包裹，并且就算带在身上（就算被没收随身物品）也不会被怀疑的东西……或者说，就算混在随身物品中也不会显得违和的东西……

她是觉得我们早晚会知晓吗？

还是说，她有意让日怠井警部去搜查。虽然今日子小姐没有把情报完全告知日怠井警部，但身为专家的我看得出来，她对日怠井警部还是抱有一定程度的信任。

今日子小姐并非单纯地在玩弄他……她对日怠井警部也有相应的安排。

任务分配。

通过对工作进行切割分配，让当事人无法把握工作内容的全貌……这完全是保密机构的手法。

若是如此，那完全有可能被卷入可怕的犯罪事件。考虑到这点，我不能再依靠中立公正的记者围井都市子小姐。

不管怎样，我都不能害她成为非法入侵案的共犯。

所以，尽管我查到了十木本宅邸的位置（这点搜查工作对我来说小菜一碟——用住宅地图就能找到），二话不说赶来了这里，可接下来完全束手无策。

但这种状况从体感来说，只是一瞬间的事情。

“你就是隐馆厄介先生吧？跟我来吧。”

就在我不知该如何翻越现实这堵高墙，不，现实这座高山，手足无措地僵在原地时，耳边突然传来说话声——完了。

为避免被发现，我已经尽可能地与十木本宅邸保持距离，没想到还是被发现了，看来我太小看自己的冤罪体质了——恐怕我已经被警亭的值班警察或是负责深夜巡逻的巡警发现了，我感到无比绝望。如此一来，接下来几个小时我都无法动弹，但事实并非如此。

从背后向我搭话的竟然是一个穿着朴素和服的老妇，身材十分矮小，大约只有我身高的一半。

不过，不能因为对方是个年老的妇人，就放松警惕。前几日我就是因为轻信一位“看似善良的老汉”，才给自己惹了一身麻烦。我可不是忘却侦探，这些都记得清清楚楚。不管对方是老妇还是老汉，都不能大意。

更何况，这位老妇看起来并不面善。她用狐疑的眼神直直地盯着我，像估价似的，把我从头到脚都打量了一遍。

看样子不太妙啊。

谁知，老妇突然转身，以与身材极不相符的矫健步伐，快速地向前走去。真是位健步如飞的老妇。

啊，她的意思是让我跟过去吧。

要换作平时，大半夜突然有个老妇向我搭话，让我跟她走，即便不是紧急情况，就算我不相信都市传说，我也不会轻易答应。但她清楚地叫出了我的名字。

隐馆厄介。

这世上应该没有与我同名同姓的人吧。

反正我现在无计可施，再这样待下去早晚会被逮住。与其坐以待毙，不如干点什么。我弓起身子，跟在身体硬朗的老妇背后，向前走去。

绕开十木本宅邸的正面，抄侧路向前移动途中，老妇告诉我她叫管原，管原寿美，是少爷的乳母。

乳母？

好有古代感的称呼，真有点考验古典知识。

用现代的话来讲，应该就是保姆之类的吧？那少爷这称呼，现代叫什么来着？

就在我极力驱动着自己笨拙的大脑期间，老妇——管原女士带我来到了十木本宅邸的侧门。

“特殊时期，只能带你从这里进去了。”管原女士将手搭在看似普通墙壁的砖块接缝处，往侧面一拉，墙壁挪动了。

“……”

打开的通道口笔直通往内侧。

相比侧门，其实更像是后门，或者说暗门。这对于在探访室激动地聊着密室推理话题的我们——侦探、刑警与专家来说，简直是喜闻乐见的展开。

暗门，这是禁忌中的禁忌吧。

但与此同时，我也后知后觉地知晓了老妇的真实身份。她刚刚说是被害人的乳母，其实就是之前提到的案件第一目击者——十木本宅邸的“阿娘”吧。

“阿娘”……

“乳母”这称呼也是如此，给人和蔼可亲的感觉，与本人形象相去甚远，这令我不由感到后怕。

“来吧，赶紧进来，不然就要被发现了。”

她先一步踏进暗门，朝我招了招手，态度十分冷淡，给人一种难以接近的感觉。不过，从被带往暗门的这一刻起，我就已经不是“客人”了，自然不会有多好的待遇。

但她为何要把我带进来呢？

她比巡警先一步发现我的理由，我尚且知晓——我所在的位置虽与宅邸保持了一定的距离，但从宅邸的二楼和三楼俯瞰下去，很容易就能发现我。

更何况，我这种大块头本身就不适合秘密行动。

但发现可疑人士后，她为何没有立即报警，而是亲自把我带进了宅邸？完全搞不懂她到底在想什么。

而且，她怎么知道我的名字？

这令我很是不解。

莫非日怠井警部直接联系了宅邸内部人员，说有个名叫隐馆厄介的嫌疑人会过来——这样似乎也说得通。不对，若真是如此，那前来拘捕我的不该是矮小的老妇，而应该是强壮的警察。

俗话说，不入虎穴焉得虎子。可我一时间也不敢确定，是否该进入那扇暗门——可恶，如果是最快侦探，一定不会像我这样优柔寡断吧。

见我举棋不定地呆站在原地，管原女士无奈地耸了耸肩。

“我从少爷那里听说过你的事情，我没什么恶意，不会吃了你的，别磨蹭了，快点进来，忘却侦探的搭档。”

从少爷那里听说过我的事情？不是从日怠井警部那里听说的？

她口中的“少爷”指的就是被害人——高等游民兼收藏家十木本未末吧……他（那个之前被我们称作龟井加平先生的被害人）竟然知道我的事情？

作为忘却侦探的搭档？

“……”

谜团越来越多，不过听她的语气，应该是想邀请我入内。

就这样，我被动地突破了警察的坚固防守——第一重密室。但眼下依然不清楚十木本先生究竟向忘却侦探提出了何种委托。

为我引路的老妇想必不会轻易地告诉我第二重密室，展览室密室的任务对我来说实在太艰难了，真希望能丢给日怠井警部来解决——我甚至冒出了这种窝囊的想法。

完全看不到希望。

4

总算有了眉目。

日怠井警部的辛勤搜查终于有了回报——事实并非如此。确切地说，是凭感觉误打误撞得出的结果。

虽并非忘却侦探的网罗推理，但这是日怠井警部被侦探操控的最好佐证。

日怠井警部已经不想再去论述什么。

他做的事情很简单，只是打了一通电话而已，在检查嫌疑人被没收的随身物品无果后，日怠井警部突然想到了逆向推论法。

不要看她带了什么。

而要看没带什么。

当然，今日子小姐几乎什么都没带，谨慎程度远超间谍。没有手机、笔记本，只有一些现金。但日怠井警部还是从中发现了一处可疑点，没有“那样东西”。

侦探没有带自己的名片。

日怠井警部依稀记得，曾经从她手里接到过名片。

可被没收的物品当中，完全没见到名片的影子。这到底意味着什么？日怠井警部连忙跑回自己的办公桌。

日怠井警部不太懂得爱惜物品，也不擅长整理收拾。所以，当时接到的名片应该还在抽屉里。

找到了。

“置手纸侦探事务所所长”“掟上今日子”，然后是“任何事件都能在一天内解决”的口头禅、住址以及联络方式——也就是电话号码。

按理来说，现在打这电话会显得很傻。因为名片的主人此刻正被拘禁在地下拘留室。就算打过去，也不会有人接，根本毫无意义，到头来不过是白白浪费所剩无几的宝贵时间。

至少，古往今来，没有任何一个知名刑警这么干过。但日怠井警部却还是拿出手机，拨通了那个号码，他期待着接下来的发展。

结果……

“您好，这里是置手纸侦探事务所。今日子小姐现有事外出。”

一声等待音过后，听筒里传来说话声——且不论这些是否在预料之内。

“那……那个……”

这句标准的提示音有一瞬间让日怠井警部误以为是电话设置的自动回复。但仔细想想，那个忘却侦探不可能会使用这种“带记录功能”的联系方式……电话那头，是真人在接听。

但不是今日子小姐的声音，甚至都不是女性的声音，而是低沉的男性嗓音。

“如果有什么要事，请下次再打过来。如果事情非常紧急，我们会尽快给您回电话，如不介意，请留下您的电话号码。”

如果说日怠井警部属于野蛮、粗犷的类型，那电话那头的人可以用“直率、诚实”来形容，这让日怠井警部看到了希望。

“是……是非常紧急的事情，没时间等下次联络。”

对方究竟是什么人？多半是置手纸侦探事务所的员工。竟然有人能在那个用人异常谨慎的今日子小姐手下谋到正式工作？要知道，即便是那个看似倾慕侦探的青年隐馆，都没办法得到今日子小姐的绝对信任。

肯定不是华生或者黑斯廷斯，忘却侦探可没有固定助理。若是如此……

莫非是类似赫德森太太或者李蒙小姐的存在？可这两位都是女性……或许换成男性也未尝不可。*

---

* 华生是阿瑟·柯南道尔爵士所著小说《福尔摩斯探案全集》中的虚构人物，与夏洛克·福尔摩斯是搭档，而赫德森太太是他们的房东。黑斯廷斯是波洛系列侦探小说中的人物，与主角波洛是好友，李蒙小姐是波洛的秘书。——译者注

“嗯，真是抱歉，我刚刚也说过了，今日子小姐现在外出工作。啊，不对。”不知为何，电话那头的人变得有些支支吾吾。他顿了顿，接着说道，“也不能说是工作，总之，今日子小姐有事外出了，即便有要事，也只能等她回来再说了。”

日怠井警部当然知道，此刻她正惬意地待在地下拘留室呢。

但是，对方所说的“也不能说是工作”或许指的并不是这个，那当中到底有什么含义？

日怠井警部预感自己抓到了线索。

“抱歉，我是千曲川警署的日怠井。”

一旦抓住就不会轻易松手。为避免对方戒备地挂断电话，日怠井警部连忙自报家门。虽然对方不一定想听什么自我介绍。

“哎呀，您言重了，应该是我失礼了。我是今日子的保镖，警卫主任亲切。”

对方也跟着报上姓名。

原来还雇用了警卫主任。不过，总比助理、房东、秘书什么的来得合理一些。

忘却侦探极度注重隐私，会雇用保镖也并不奇怪。

这次特意让他负责留守吗？

“但是，日怠井警官，刚刚也说过了，今日子她——”

亲切警卫主任兴许以为警方想找他配合调查什么事情，他以率直而诚实的声音，满怀歉意地说道。但即便如此，语气中仍没有丝毫动摇。真想让某个拘留室看守员好好学学。

“不，我要说的不是这个……”

日怠井警部有些犹豫。

当然，电话能奇迹般地接通，日怠井警部自然希望对方能配合提供情报。

确切地说，是提供帮助。

不管以何种方式。但他毕竟是今日子小姐的保镖，日怠井警部不确定，将“今日子小姐现因涉嫌抢劫杀人被捕”一事告诉他是否合适。说不定会使他的态度变得更强硬。

作为今日子小姐的保镖，得知她被监禁，不可能无动于衷吧。但日怠井警部又不知该如何向他解释“现状并非监禁这么简单”这一可悲的事实。

确切地说，正是为了避免这种情况的发生，才想向他寻求协助……必须要想办法从这位保镖口中问出今日子小姐此次的工作内容。

盘问——不对，审问吗？

可隔着电话，难度实在太大。

只能看运气，或者说，看对方心情了吗？

“此次来电，主要想就忘却侦探接手的十木本未末的委托一事，了解一些情况。”

日怠井警部直接说明了来意。

虽隐瞒了部分实情，但也算是实话。

“受今日子小姐所托，我正在协助调查这个案件。”

虽算不上撒谎，但也绝对不是真话。确切地说，是今日子小姐因“这件事”被捕，结果却是我向她提出了“协助调查”的委托。总之，情况十分复杂。

“……”

亲切警卫主任没有立刻给出回应。

果然还是太草率了吗？

不，考虑到置手纸侦探事务所绝对保密的性质，即便是专属保镖，也有可能对今日子小姐的工作内容毫不知情。不是可能，而是十有八九。

若是如此，那不管怎么盘问，都不可能弄清被害人与嫌疑人的关系。正当日怠井警部这么想着，对方说了一句：“请稍等，稍后给您回电话。”然后，唐突地挂断了电话。

回电话？为什么？是来快递了吗？可现在是大半夜。没等日怠井警部想明白，对方很快如约地回了电话。

但打的不是日怠井警部的手机号码，而是办公桌上的座机号码。

原来如此。

是为了确认身份吧——确实，有人用手机打来电话，自称是“千曲川搜查一课的日怠井”，换谁也无法轻易相信，毕竟无法确认虚实。

所以，如果回拨座机号码，对方会很快接听，那就表示一定程度上是可信的。不愧是忘却侦探的保镖，被忘却侦探委以留守任务的人，果然聪明……日怠井警部边感慨，边拿起了话筒。

“你好，我是千曲川警署的日怠井。”

“你好，我是亲切。”

听到日怠井警部重新自报家门，亲切警卫主任稍微顿了顿，继而回道——好可疑的停顿。

难不成是在用声纹鉴定软件之类的，来判断是否为同一人？

按照对方谨慎的行事风格，这种事情并非不可能。为了保护绝对保密的忘却侦探，再小心也不为过。如此一来，怕是没办法从他口中打听到什么了。就在日怠井警部几欲放弃，打算重新制定方案时。

“是说十木本未末的委托内容，对吧？我这就告诉您，您手边有做记录用的纸和笔吗？”亲切警卫主任如此说道。

可以告诉？记录用的纸和笔？

对方的回答太过出乎意料，日怠井警部一下子慌了手脚。他条件反射地确认了一句：“可以告诉我吗？”

“可以。”亲切警卫主任以若无其事的语气继续说道，“虽然这样我有可能会被辞退，但您不用放在心上。在此之前，我会做好自己的工作。”

“……”

“即便被辞退，我也会有新工作的。总之，相比工作，今日子小姐的安全更重要。”

“……”

在如今这个民主主义时代，竟然会有如此忠诚的人……日怠井警部更不敢告诉他“今日子小姐被逮捕”的事情了，弄不好会给自己招来危险。

但对方似乎早已察觉到，事情并不简单。不过，日怠井警部早有预感。

“而且，想必您也知道，既然我会知晓，那代表我接下来要说的事情，并非秘密。如果您不介意的话，我可以如实告知。”

“当……当然不介意，烦请告知。”

“十木本家的主人十木本向今日子提出的委托内容是‘协助收藏’。”

与行事干脆、性格急躁的日怠井警部截然相反，亲切警卫主任的语气十分沉稳。

收藏？对啊，被害人是硬币收藏家……原来如此。

经他这么一说，仔细想想，委托内容也只可能是这个了。

日怠井警部一直以为，忘却侦探只会接手刑事案件，可她又不是刑警。既然是以调查为工作，那就跟找人和宠物一样，寻找稀有硬币也在侦探的业务范围内吧。

为什么之前没想到，真是不可思议。不过事到如今，对日怠井警部来说，委托内容已经不重要了。只要能证明“嫌疑人接到过被害人的委托”，那目的就达到了。

这样就等同于攻破了第一重密室。

如果有宅邸主人负责带路，要避开警亭和巡警的耳目潜入宅邸，自然不是难事。

不会有暗门、密道什么的吧……

非要说的话，十木本未末这种鬼鬼祟祟的行为倒也不奇怪。

毕竟事关他的收藏事业。高等游民十木本未末在业界小有名气，像“他在找什么”“他得到了什么”之类的，光是走漏一点消息，都足以在世间引起轩然大波吧。

所以才委托忘却侦探吗?

不带名片，也是为了绝对保密……

密室里的密会。

总算梳理出了个大概——

就在日怠井警部沉浸在解开谜题的成就感中时。“但这只是表面的委托。”亲切警卫主任继续说道，“实际另有真相。”

另有真相?

5

似乎另有真相。

现状给我这种直觉——太不寻常了。要知道，我这等普通平民可是很难有机会踏入这种奢华宅邸。

初看外观，像极了推理小说中登场的宅邸。但进入内部后才发现，那就像一栋世界遗产的宫殿。墙壁、天花板、楼梯、扶手明明都经历了漫长的时光，却依然闪耀着光辉。当中还配有日常用的暖炉和台球桌，整体散发着一种雅致的时代感。

据管原女士的说法，这栋宅邸似乎是从海外移筑过来的历史性建筑——言外之意就是警告我“不要随便乱碰”。楼梯旁边设有电梯，随处可见最新型的空气净化器，多处被改造成了近代风格……

走廊的墙壁上装饰着肖像画。

多幅肖像画依次排列着，起初我以为最前面那幅是十木本家族历代的祖先肖像，细看后发现，这些全都是同一个人的儿童时代肖像，全都按照时间顺序排列着。在老妇的带领下，我沿着装饰有肖像画的走廊，继续往前走着。最后是一张大约四十来岁的壮年男子肖像，多半就是此次被杀的十木本未末的肖像吧。

虽然画像难免会进行一定程度的美化，但依然能看出，那是一位长相俊朗的美男子。

从龟井加平的化名到得知被害人的真名，始终处于模糊状态的“犯罪被害人”总算有了清晰的实像。我咽了口唾沫，同时打心底产生一种危机感。

嗯。

虽说这些都是个人自由，但我还是忍不住想吐槽，竟然在走廊墙壁上按时间顺序摆放自己的肖像，到底有多自恋?

普通庶民根本无法理解。非要说的话，给人一种深不可测的感觉……但又莫名散发着肤浅的气息。

“怎么了？就是这个房间，我们在里面说，进去吧。”

见我呆站在原地，前面的老妇以犀利的语气催促道。兴许她从我脸上捕捉到了嘲讽之色吧，虽然那并非我的本意。

绝对不能错过这个好机会，我连忙跟着走进了房间。但仔细想想，老妇可是此次案件的第一目击者——也就是说，是她害今日子小姐被捕的。

在她看来，今日子小姐就是杀害自己一手带大的“少爷”的凶手，而我恰是那个侦探的“搭档”。虽然不至于要吃了我，但鉴于近来发生的事情，她很有可能会借此机会“复仇”。

我不由得浑身一颤，小心翼翼地往四周看了看，宅邸内空无一人。看来这里不允许警察涉足。反过来说，宅地内就是法外之地，不，是不法之地。

一旦进入密室，无论发生什么，外界都无法知晓……是我太鲁莽了吗？

乳母就相当于亲属。

即便今日子小姐有罪，那被害人亲属也不能对我施以私刑吧，这完全是冤罪啊，还是说，搭档也是类似于亲属的存在？

问题的关键在于，少爷是怎么知道我的？要是能弄清楚这一点，我也不至于跟着她走进这栋充满未知的伏魔殿般的密室内。

我满头雾水地跟着她走进了三楼里侧的房间。从布局来看，应该是客房——类似于酒店的房间。对方并非想把我当成宾客招待，只是单纯因为这间房间位置隐蔽吧。宅邸外的巡警很难注意到这个位置。

“没什么东西招待你，不介意吧？反正你也不是来喝茶的。”

管原女士说着，坐到了质地厚实的桌子旁。我也怀着疑惑的心情，坐到了她对面的椅子上。

我确实不是来喝茶的，但现状让我不由自主地咽起了唾沫。

接下来会发生什么呢？必须要做好最坏的打算，虽然事态已经糟到不能再糟了。

“哼，你果然跟少爷说的一样，是个举止可疑的人。”

见我战战兢兢的样子，老妇以难掩轻蔑的语气嘲讽道。先前在法国被假装好人的老汉欺骗，回到日本，又被坏心眼的老妇欺负，然后再是那位“少爷”。

为什么那个从未谋面，直到一小时前才见到他的肖像，早在半天前根本不知晓其存在的被害人，会对我作出评价？而且还如此犀利，我名气有那么大吗？

怎么都说不通。

如果十木本未末是今日子小姐的委托人，那在提出委托的时候，必然会先调查侦探的可信度，顺带查出我这个常客的信息也不是什么奇事吗？

虽说是个绝对严守保密任务的侦探事务所，但像我这种常客情况特殊，即便今日子小姐守口如瓶，身边的人也难免会走漏消息。说极端点，虽然今日子小姐的记忆会重置，但我不会忘记解决过的案件内容，说不定在聊到以往经历的时候，我会下意识地把消息透露给朋友，朋友再将这些话传给其他朋友。所以，即使不清楚委托的详情，也很容易调查到我的相关情况。可即便如此，调查的工作量也非常庞大吧？

必须要借助其他侦探的力量才能完成。不过，能住在这种豪宅里，钱肯定不是问题……

而且，对方会认为我是忘却侦探的“搭档”，而非“常客”，那很有可能已经调查到了我的委托内容。比如最近在法国发生的事情……

不管外界如何评价我，说极端点，即便他们对我的冤罪体质心怀偏见，在眼下这种紧要关头，有些话我必须要说。

无论如何，或者说，无论对方做什么，接下来才是关键。

“首先……”

“嗯？”

“首先，那个……深感遗憾，十木本未末先生的事情，还请节哀。”

我先寒暄了一句。

说实话，我也知道，现在不是说这个的时候。但毕竟是死了人，不管死者是什么身份，无论外界对他评价如何，都要尽可能地尊重。更何况，对于坐在我对面的那位近乎恶毒的顽固老妇来说，她可是刚刚痛失自己一手带大的“少爷”。

精神状态多少会受到影响，谈吐举止难免会显得怪异。对于冤罪体质的我、以调查为生的今日子小姐以及日怠井警部来说，这些倒没什么。但在普通人的世界里，“案件”可是前所未有的大事件。

更何况是抢劫杀人案。

但也不能因此宽恕她的恶毒与顽固吗？仔细想想，“怀疑第一目击者”真是一句薄情的台词。

但是，兴许是我这种刻板的问候语显得有些不合时宜，管原女士罕见地露出了惊愕的表情。

她神情苦涩地回答说：“还是第一次有人对我说这种安慰话。”语气相比无奈，更多的是嘲讽。

我深知自己不懂得察言观色，不管得到怎样的评价，都不足为奇，但是……

“欸？第一次？”

这几个字让我很是在意。

这不可能吧。

被害人十木本未末又不是孤儿，这次意外惨死，多少会有人前来哀悼吧。即便警方还没有公布案情，身边的亲属总该知道……

不是不知道，而是没有亲属吗？

想到这里，我再次意识到宅邸内空无一人，顿时察觉到了事态的异样。

宅邸内部没有安排警官保护现场这一点能够理解。但是，这种时候，被害人的亲属不应该放下一切事物，第一时间赶过来吗？被害人可是小有名气的富豪，大型银行创始人家族的一员……不对，因在于他的性情太古怪吧。

高等游民、堕落儿子、爱好者、收藏家……连我都对这些头衔嗤之以鼻。即便他因此遭到家族的孤立，我也没有资格为他打抱不平。

且不说哀悼。即便死后没有亲属关心，宅邸里应该还有其他用人，可都被管原女士赶了出去，内部气氛更显得悲凉。

密室里——家里。

那她刚刚的表情是在自嘲吗？自己亲手带大的“少爷”意外去世，第一个来哀悼的竟然是我这种外人，这种现实让她有些难以接受吧。

“那个……该说什么好呢……”

“就因为你这样，少爷才会对你产生敌对心理。”

我不知是否该道歉，支支吾吾地试图说点什么。但老妇立刻打断了我（形迹可疑的家伙）。

“敌……敌对心理？对我？”

我好心对他表示同情，他不仅知晓我的情况，还将我视为敌人？这简直超出了我的想象。虽然我早已习惯无故被周围人怀疑，但被一个未曾谋面的陌生人视为敌人，还真让人难以接受。

被白眼倒还能接受……

“敌对有些言重了，顶多是视为对手吧。”

兴许见我受到了冲击，管原女士重新解释了一遍，但这并没有缓和我内心受到的刺激。

到底是为什么？他可是大型银行创始人家族的一员，像这种生活无忧无虑的贵族男性，怎么会对我这种无业的冤罪体质男产生敌对——对手心理？

不，他虽然是抢劫杀人事件的被害人，但他并非推理小说登场人物表中事先设计好的“第一被害人”。他是高等游民，自然会有他自己的烦恼与苦恼。可我的人生也绝非幸福美满。实在想不出我有什么值得他敌视的。

“我根本对他构不成任何威胁。曾屡次被冠以冤罪的我，还是第一次遇到这种挑衅方式。”

“怎么能说是挑衅，你又不懂少爷的心情。”

“不是，虽然我是不懂，可我真没什么可以威胁到他的。”

就在我差点想喊“不信可以把侦探叫来”的时候，管原女士接着说：“你是少爷无论如何都想成为的人——忘却侦探的搭档。”

语气无比锋利，像是要将迟钝的我切碎般。

“莫非……”

搭档？忘却侦探的搭档。

通过在心里执拗地重复这个词，我终于领会到了当中的含义——如果说冤罪体质的我有什么可值得骄傲的，那也只有这个了。

“莫非十木本先生想成为忘却侦探的搭档？”

第八章

掟上今日子的搭档&隐馆厄介的搭档

1

完全无法感同身受——日怠井警部心想。

岂止如此，甚至无法理解到了反感的地步——竟然有人想成为忘却侦探的搭档。日怠井警部可是拼了命地想摆脱名侦探的打压，这人却完全相反。

这位委托人——被害人到底在想什么？

“没错，不过，十木本先生起初只是单纯的委托人，至少身为保镖的我没有看出其他端倪。他只是想依靠今日子的调查技巧和忘却特性，充实自己的藏品，除此之外再无其他。”亲切警卫主任语气淡然地说道。

日怠井警部无法通过语气判断出对方对此事的看法——他能否理解十木本未末的心情。

“但是，随着委托的增加，收藏家逐渐被今日子的生活方式和记忆重置的特性所吸引。”

“……”

怎么可能有这种荒唐的事情，日怠井警部差点喊了出来。但理性告诉他，凡事没有绝对。

身边就有这样的例子。

撇开隐馆这个极端例子不谈，千曲川署内部也有数名在不违反职务规定的范围内，暗中帮助侦探的警官。虽然对大多数人来说，今日子小姐只是一个棘手的嫌疑人，但即便身处拘留室，她依然泰然自若。会有人对这种生活方式心怀憧憬，倒也不足为奇。

“‘搭档’有点像推理小说里的称呼，可能比较晦涩难懂。换个直白点的说法就是，‘想成为恋人关系’‘想做她的男朋友’，总之就是被侦探的才能所迷倒了。”

“……”

如此说来，推理小说中也会将名侦探的助理表述成“妻子”。嗯，这么说……确实容易理解，虽然与事实相差甚远……

出身高贵世家、不谙世事的爱好者，在三十多岁的年纪，爱上一个视财如命的异性，这种故事倒也常见。对于能够将整个警署玩弄于股掌的今日子小姐来说，要对付区区一个高等游民，简直是小菜一碟……

“哎呀，你可能误解了什么，我更正一下。所以，第二次委托之后，今日子没有再向这位客户收取费用。”

“什么？！不可能！你肯定在撒谎！”

日怠井警部条件反射地大声反驳道。

那个即便被关押还不忘索要委托费的侦探，竟然会放过这种从富豪手中敛财的机会？！

但日怠井警部很快冷静了下来，第二次之后？

“没错，所以，我对你说这些并没有违反信义，因为没收钱就不能算是置手纸侦探事务所的客户。两者之间毫无关系。”亲切警卫主任说道，“自打合作一次后，十木本先生就不断地委托忘却侦探协助扩充藏品，但其实这些都只是借口。因为这样就能把今日子叫到自己家里。而且每次都要避开周边的巡警，偷偷会面。听起来很像密会吧？”

将宅邸这间密室作为渲染气氛的舞台装置吗？若是如此，那亲切警卫主任会有这种想法实属正常。

“虽然并非密会，但今日子也有些烦了。可不管拒绝多少次，她到了第二天依然会忘得干净。只要那个收藏家提出委托，今日子还是会如约前往十木本宅邸。”

“……”

反复被同个女性拒绝的富豪。虽听起来有点滑稽，但也能从中窥探出他坚定的决心……异常强烈的收集欲，以及对搭档位置执拗的渴望。

这些都有可能成为事件的导火索。

“嗯，所以，身为保镖的我也得知了十木本先生的事情。最令人担忧的是，今日子没有丝毫的危机感。”

“危机感……”

那是因为忘记了啊——因为每次都是“初次见面”——但仔细想想，事情并没有这么简单。否则，也不会第二次之后就不再收取费用。今日子小姐会这么做，代表她早已看出，委托不过是借口。

她没带名片也是因为在通过电话接到委托的那一刻，就已经预知这并非工作了吗？

果然，没人能骗过名侦探。

“没错，因为今日子的信条是‘委托人都会撒谎’。但她依然很享受。”

“啊？”

“她似乎并不反感别人对她示好。”

真是个坏女人。

日怠井警部突然想起那个人——忘却侦探的专家，隐馆厄介。

一方是以委托作为借口的客户十木本未末，另一方是每被冠以冤罪，都会向侦探寻求帮助的冤罪体质常客。或许对于衣食无忧的高等游民来说，隐馆是他有生以来第一个嫉妒的对象。

即便因此产生敌对心理，将对方视为情敌，也不足为奇。

2

真是不可思议。

甚至有些蛮不讲理。

虽然管原女士未作详述，大部分是我通过想象补充的，但即便她一五一十地告知我，我也未必能理解十木本先生的心理状态。

毕竟我是置手纸侦探事务所的常客，羡慕我频繁有机会担任忘却侦探的助理，就等同于为我的不幸和倒霉“拍手叫好”。

根本没有半点好处。

不，也不能说没有半点好处……但代价是每次要赌上自己的人生，未免太过沉重。而他竟然将我所受过的苦楚与屈辱，形容为我人生的高光时刻。

我这哪是高光人生，根本是高风险人生。

即便我作为助理有过贡献，或者说，作为“搭档”与忘却侦探有过心有灵犀的时候。但到了第二天，今日子小姐全都会忘得一干二净，连我作为常客的记忆都不曾留下。

但或许，这些都是十木本先生所憧憬的吧。

对他来说，忘却是最好的救赎。并非出于“不管被拒绝多少次都可以重来”这种现实、低俗的理由，而是更切实的愿望。

身为名门家族的放荡公子，即便有钱，也不一定能过得幸福、快乐——我并不喜欢这种想法，金钱当然能带来幸福和快乐。但我所认为的幸福不一定是所有人的幸福，我所说的快乐，不等于是所有人的快乐，这是真理。

十木本先生平日究竟遭受着亲属怎样的目光，甚至连逝世后都没有一人前来吊唁。或许他度过的这数十年光阴，并没有太多的自我肯定感。

以此为前提，重新审视走廊排列的肖像画，给人一种脱离常规的感觉。

如此想来。

他会对能忘却自身过去的今日子小姐心生爱慕，也在情理之中。但不可思议的是，他竟然想成为我。

话说回来，因为太过爱慕今日子小姐，暗中把她身边有关联的人全都调查一遍，这种偏执行为快赶上跟踪狂了吧。同为今日子小姐的粉丝，我一点也不同情他……若换作围井小姐，一定会这么说吧。

在客房坐了一会儿后，管原女士带我进入了地下的展览室。看到内部的光景，我更是无法理解。

简直是压轴场景。

说是展览室，实际足以与博物馆媲美。简直不敢相信，这些竟然都是由个人收藏并管理。相比感慨，此刻的我，更多的是惊吓。

若没有足够的财力，怎能将兴趣发展到如此地步。

整面墙壁被金属制展示架覆盖，当中整齐摆放着古今东西的各式硬币。从举世稀缺的到如今随处可见的，各式硬币以近乎平等的方式，按照仿佛经过严格计算的同等间距摆放着，给人一种观赏图鉴或是目录的既视感。

这也让我深刻地感受到，硬币不单单是金钱，也是代表各个国家和文化圈的艺术品。光是看完整个房间的藏品，就足以了解到人类的详细硬币发展史——而且，还不知道要花上多久才能看完。

今日子小姐曾提到过，卢浮宫美术馆的藏品要耗上一周以上的时间才能看完。那按照这间展览室的收藏量，即便是最快侦探，也很难在一天内看完吧？要知道，今日子小姐先前为了看完须永昼兵卫的作品，可是熬了个通宵。

如果说，我拥有“作为忘却侦探助理”的回忆，是十木本先生仇视我的理由。那未免也太过荒唐。

从展览室的状况来看，完全无法将其与爱好者、游民这类字眼联系在一起。藏品的整理与管理方式，到了近乎执拗、神经质的程度。

包括藏品的摆放与索引般的陈列方式在内，房间状态管理得十分细致。为保护藏品不受损坏，连温度、湿度、气压都完全由电脑控制管理。

据管原女士的说法，虽然“少爷”平日的饮食起居都由用人打理，但唯独展览室里的东西，不允许任何人触碰。他生前甚至不允许任何人进入这间房间，管原女士今早也是作为“第一目击者”，初次踏入这间展览室。

连收藏同好都未曾有机会涉足。所以，进入过这间展览室的只有十木本先生以及白发忘却侦探。

不与任何人共有、共享，仅属于十木本先生自己的藏品——这些早已在收藏界传开，虽然有些讽刺，但可以看出来，对他来说，今日子小姐就是这么特别的存在。

他有多仇视我，就有多在意今日子小姐。

“我愿意把我的藏品都给你。”

管原女士复述了“少爷”说过的话。

“你尽管收下吧，如果你不需要搭档，那至少能让我每天都雇用你——少爷曾经对那个侦探这么说过。”

“……”

全部！

全部得值多少钱？

他对今日子小姐的爱慕，已经到了不惜拱手让出自己多年苦心收集的藏品的地步吗？这是何等的可怕。虽然他这个年纪不能说是黄昏恋，但作为有辨别能力的成年人，这种求爱方式未免有些过激了吧。

我朝墙壁的一角扫了一眼。

虽然我对硬币这些东西不是很了解，但不难想象，金属架上摆放的那些大大小小的硬币，恐怕比我的年收入……不对，比我这辈子的收入还高吧。而且听围井小姐说，当中有些硬币值上亿日元……

“喂，注意脚下。”

“欸，啊，嗯。”

好险。对啊，这间展览室可是杀人现场……随意走动很可能会破坏现场。

我谨慎地挪动着自己的脚步。大理石地板上用美纹纸胶带做了一个人形标记，虽然没有明显血迹，但看样子，那里就是十木本先生倒下的位置。

若是刺杀，按理说那里应该是一片血泊，莫非出血量并没有那么大……如此想来，被害人的直接死因好像不是失血过多，而是刺伤导致的心因性休克……刺伤……

一旦阐明敌视关系，这么做可能会被批伪善。但双手合十，朝被害人倒下的位置行个礼，应该不至于遭天谴吧……至今“唯有乳母前来吊唁”这一点，未免太过凄凉。

那今日子小姐是什么心情呢?

醒来后，记忆被重置，旁边还躺着一具“陌生的男性”尸体——根本无暇思考太多吧?

不，毕竟是今日子小姐，应该能很快弄清状况。

右手握着凶器,左手有“昨天的我”留下的暗示情报——“1234”。

对了。

虽然我也好奇，为何那个自称守财奴的经济天才——今日子小姐会拒绝十木本先生如此热烈的求爱，但眼下最需要解开的还是第二密室的谜题。

撬开的门被拆下，以内侧朝上的方式倒在展览室外，那是一扇足以与金库门相匹敌的厚重铁门。

若不细看，真会以为是将银行金库的门搬来了这里。而内部也因此保证了其密室性。

展览室位于地下，内部没有设置任何窗户，连排气口等也都设计成人无法出入的尺寸——这扇门是唯一出入口。

“管原女士，能告诉我，为什么要带我来到这间平日不让外人进入的展览室，莫非有什么话想对我说？”我扭头问道。

应该不只是单纯地想看“少爷”敌视的男人长什么样吧。她是在知晓我是忘却侦探的搭档的前提下，将我秘密带到了这里。如果只是为了看清楚我的长相，那把我带到客房就够了。看来她并非为了复仇或施以私刑，那究竟为了什么？

“少爷虽然每次都很隐秘……但其实我早就看出来，他跟那个侦探暗中有来往。不过这些我从没跟差佬说过。”

竟然将警察称为“差佬”，未免有失敬意……不过由此也能看出，十木本宅邸里的人与外部的巡逻警察关系并不是很好。

虽然只是庶民的猜想，不过保护高等游民想必也不是什么很讨喜的差事，所以才互相看不惯吗？看来“阿娘”早就知晓并默许了主人与侦探的关系。

刚刚提到的“少爷愿将藏品赠予今日子小姐”一事，想必也是她旁听……或者说，偷听到的吧。看来在调查上还真是下了点功夫。

这时，管原女士露出悲痛的神情。

“我确实是第一目击者……也是我去报的警，但犯人不像是那个侦探……我觉得不是她。”管原女士谨慎地组织着语言，“但那种场面，任谁看到都会认为那个白发姑娘就是犯人吧……毕竟她手中握着带血的刃器，与‘少爷’一起躺在密室的地板上。”

说着，她举起手，指向展览室左侧摆放古钱展示架的一角。整齐陈列的硬币当中，多出了一个空格。

从周围的古钱形状来看，当初那里摆放的应该就是作为凶器的刀剑形硬币。毕竟这里不是博物馆，藏品没有用玻璃盒进行保护隔离，随手就能从中拿走任何一枚硬币——包括刃器。

随手能拿走——偷走？

不对，如果真想要，今日子小姐完全有机会把整个房间的藏品都收入囊中，为什么偏偏要拿那一枚？

而且，老妇的言辞也十分古怪。

如果说，她是因为相信今日子小姐不是犯人，才将身为“搭档”的我带入宅邸，给我搜查和验证现场的机会，那她认为今日子小姐不是犯人的理由是什么呢？

勉强能想象到，虽然不是太好的场面。

“少爷”屡次假借工作之由接近侦探，恰在上次试图强行靠近对方，侦探顺手拿起刃器反击，知晓两人关系的管原女士不可能没有设想过这种可能性。

她不愿意相信这些也在情理之中，我也不敢想象。但听闻了十木本先生的个人情况，这也并非不可能——今日子小姐与日怠井警部在网罗推理中也提到过正当防卫的可能性。假如密室就是用来关住今日子小姐的呢？

“单独两人”的含义也就变了。

“待会儿我带你去少爷的房间看看，你觉得少爷的床会是什么样的？”

“什么样的……应该是那种古董一样的，带有华丽顶棚的……”

怎么突然聊这个？我极力地发挥着自己贫乏的想象力。结果老妇简单地回复说“是养老用的可移动床”。

“少爷早就在为老年生活做打算了，他知道自己会孤独老去，所以在年轻的时候，就开始为以后卧床不起的生活做准备和练习了……”

楼梯旁设置的电梯也是为了方便老后上下走动吗？

“我没办法照顾少爷到老。但这时候，侦探闯入了少爷的生活。却没想到是这样……”管原女士说道。

所以，管原女士拒绝提供证词……她不认为善良的今日子小姐会为了钱杀死“少爷”，更不觉得她会因为被监禁而奋起反击。

正因如此，管原女士才没有把今日子小姐和十木本先生关系透露给警方吧……这样反倒使事态变得更可疑了。

今日子小姐天资聪慧，看完警方整理的搜查资料，多半能察觉出自己与受害人间的关系吧……不过，又是监禁吗？

接连被监禁，换谁也受不了。

不过话说回来，为什么今日子小姐不选择辞去侦探工作，变卖得来的藏品，以“爱好者搭档”的身份，享受悠闲自在的日子呢？

身为专家的我也想不出答案。

非要说的话，那就是今日子小姐极度热爱侦探职业。并非私人专属侦探，而是自由私立侦探，这当中一定有什么线索。莫非是侦探的执着与顽固触怒了十木本先生？但今日子小姐不像是那种会冒犯委托人的性格。

相反，她是那种十分擅长掌控异性的类型。包括我在内，不知有多少名男性被她弄得欲哭无泪。

虽然管原女士没有明确恳求作为“忘却侦探搭档”的我“帮忙查明最终真相”，但可以看出，她对我多少抱了些希望——对作为“少爷”敌人的我。

我也想为她做点什么，可我要怎么做才能帮到她呢？真是进退两难。尽管目前猜测的真相让人有些难以接受，但如果被定为正当防卫，今日子小姐就不会被问罪，抢劫杀人罪也就不会成立。前面也说过，如果是为了钱，今日子小姐不费吹灰之力就能将整间展览室的藏品收入囊中，她根本没有杀人动机……等等！如此说来，莫非另有真相？

虽然杀死十木本先生对今日子小姐毫无益处，但有人能从中获益。

那些未曾露面的亲属。

虽不清楚遗产的分配方式，但既然今日子小姐拒绝接受藏品，那必然都会交由亲属继承——远房亲属。

他们有杀人动机，而且是非常典型的杀人动机。

得知十木本未末的财产（包含藏品在内）有可能被某个素不相

识的侦探继承，为避免这种意外发生，某个亲属，或多个亲属联手，栽赃陷害侦探，设计了这场密室杀人案……

尽管这是管原女士不愿看到的真相，但总比“少爷”因情感纠葛被爱慕对象杀害要好得多吧。

但是，这时候密室就成了最大的障碍——坚固的密室大门。

“抱歉，管原女士，有件事我想确认一下，展览室这扇门的密码是‘1234’吗？”

明知可能得不到答案，我还是试探性地问了问。

因为前面也提到过，这间展览室由十木本先生亲自管理，不可能会将密码告诉管原女士。如果她知道密码，也就没必要将门撬开，密室的条件也就无法成立。

但老妇的回答还是出乎我的意料。

“根本没有密码。”

“欸？”

“这门只能从外面用钥匙打开，钥匙一般由少爷藏在外面某个地方。门一旦合上，会自动上锁，门后没有把手，从内侧无法打开。因为这里原本是金库。”

原来是由金库改造而成的展览室。明白了……总算弄清楚了一点。

管原女士没有联系开锁匠，也没有寻找“隐藏”的钥匙，而是直接强硬地将门撬开，是因为她误以为“少爷”被关在展览室里出不来了吗?

如果他是真的被关在了里面……

那到底是谁干的呢?今日子小姐、真正的犯人，还是他本人?

门原本处于敞开状态，肯定有人故意将其合上。

即便没有自动上锁功能，如果没有把手，根本无法打开……可如果知晓这点，不可能会犯“不小心将门锁死”这种低级错误。多半有人恶意将门锁上。这些暂时不敢断然下定论，现在唯一可以确定的是，今日子小姐通过探访室的亚克力玻璃传达给我的“1234”并非密码。

那到底是什么?

咦?莫非是我曲解了什么，自以为是地跑来了十木本宅邸的展览室?虽然验证现场非常有必要，多少会有些收获，可在眼下这种紧要关头，我这会不会太浪费时间了?

糟糕。

看啊，所以说嘛，我根本没资格当忘却侦探的搭档——说过很多次了。

竟然有人敌视我，未免也太瞧得起我了，对于我来说，连“专家”这个名号都显得格外牵强。我能做的只有马上回家，继续找工作——等等，不能这么轻易放弃，需要重新打起精神。

“1234”。

就算不是密码，也一定有什么含义。今日子小姐在艰难的环境下，背着警察把这些传达给我（虽然对她来说是家常便饭），不可能毫无意义。

当然，也有可能故意给我一些无意义的情报，让我跑去调查，借此给日怠井警部下套（如果是今日子小姐，完全有可能），但纠结这种可能性根本毫无意义。

不如直接问管原女士？问她听到“1234”会想到什么——比如“少爷”的生日是12月34日之类的——不对，12月怎么可能有34日，也不可能是34月。

但是，再这样下去，很可能会使“忘却侦探搭档”的信誉扫地……作为一个素不相识的外人，我好不容易靠这份情报进入了这间展览室。

而且，就算管原女士对“1234”没有什么想法，应该也知道今日子小姐的左手曾握过“什么”。若情报提供不当，可能会暴露“少爷”的愚昧行为。考虑到这一点，她应该不会轻易告知。

只能靠自己了。

在此之前，我从未试过自救，每次都是全权交由侦探。我也很想为恩人今日子小姐做点什么，如果她因此没落，万一哪天我再被冠以冤罪，就再也没有能为我迅速解决难题的侦探了，这简直是绝望性的损失。

不管怎样，洗清冤罪等同于与时间作斗争。只要沉得住气，打个几年官司，总归会还我清白，但因此蒙受的损失是无法弥补的。所以，我总习惯依赖最快的侦探——绝对不是因为我是“忘却侦探的搭档”。

但是，如果我真是十木本未末所认为的那种人，那我应该早就解开“1234”的谜题了。

这暗号究竟意味着什么？

“1234”。“1”“2”“3”“4”。“1+2+3+4=10”……“十木本”的“十”吗？意思是，犯人是十木本一族中的某个？不对，这样也太笼统了，根本毫无指向性。但怎么想，也只能将其与十木本未末联系起来。如果真是所谓的正当防卫，那也不排除这种可能……不，不可能。

绝对不可能。

回过头想想，今日子小姐为了转移他人视线，故意用右手握住凶器，借此掩饰左手的情报——这行为太奇怪了，如果她在睡着前察觉到什么，完全可以直接将情报留在现场。

假如她真的对十木本未末发起了正当防卫，那完全可以光明正大地写在地板上。她完全有这个时间，没必要害怕被谁看到。就算没有笔，也可以用被害人的血，或者用刃器在大理石地板上留下情报。如果两种方案都不采取，那也可以用硬币摆成文字形状——

“硬币？”

莫非她手里握的是硬币？

虽然这些都是假设中的假设……如果今日子小姐是想在不为人知的情况下，为“明天的自己”留下暗示情报，所以将某物藏在了左手中，可展览室有什么东西是随手能拿到，尺寸又恰好能被手掌包裹呢？

在从内外都无法打开的密室中，如果非要利用某物留下暗示情报，正如右手握着的刀剑形硬币般，左手握着的也只可能是硬币吧。毕竟，密室最不缺的就是硬币。

想到这里，我再次朝房间扫视了一圈。

除了古钱区域的明显空缺外，展示架的其他位置也有零星的空缺。仔细观察会发现，如同商品目录般的展示架上，分布着多处“空缺”——如同收集谜题线索般，填补这些空缺才是收藏的乐趣所在，当然，要逐一验证这些空缺，工作量十分庞大。可眼下时间紧迫。

没办法，只能换个法子。

虽然作为逃亡中的冤罪大师，这样做太冒险，但眼下只能丢车保帅了——去自首吧。

3

隐馆来自首了。

日怠井警部与亲切警卫主任刚结束下述通话，便收到了青年露面的消息。

“你似乎有所误解。”警卫主任淡淡地说道，“日怠井警部，您刚刚说已经理解为何一个衣食无忧的富家子弟会敌视隐馆厄介先生，想必当中存在一处普遍性的误解。”

“误解？普遍性？理解出现偏差？”

是指隐馆的负面评价吗……那家伙拐弯抹角地担任着忘却侦探的搭档，还在探访室联合侦探蒙骗自己，外界说不定会对此添油加醋进行抹黑。

还是说，因为曾对他施行过误逮捕，自己下意识地流露出了罪恶感吗——日怠井警部暗暗反省着。但亲切警卫主任指的并不是这些。

他的意思是，对另一方人物的评价存在误解。

“你一定认为十木本未末先生是个‘衣食无忧的富家子弟’，但他也有自己的经历。”

“是‘有钱人也有有钱人的烦恼，有钱不一定幸福’的意思吗？”

“总体来说可以这么理解，但你的理解并不充分。今日子的工作是赚钱，而我的工作是调查。我曾在其他案子里调查过隐馆厄介先生的情况。”

作为可能从任何人手中接受委托的忘却侦探的保镖，评估委托人也是他的工作内容之一。对于屡次发起委托的可疑客户，更是不能放过。

怎么有点像双向评估……

“关于委托内容，我们有义务保密，但委托人的个人情报不在保密范围内，所以，我可以把大致情况告诉你。”

没想到警卫主任毫不避讳地告知了自己的工作内容。但不论在哪儿，个人情报都不能随便泄露，可日怠井警部不能因此打断对方。

“他的生活并不轻松，甚至充满艰辛，当然我说的不是收集硬币方面的艰辛。”

“那是哪方面的？”

“他幼时做过肺癌手术，单侧肺被完全摘除……”

尽管亲切警卫主任的语速十分平缓，而且提前做过铺垫，可日怠井警部依然难掩震惊……肺癌？

“没错，他的胸腔X光片上有一个硬币大小的阴影……他也是从那时候起开始收集硬币的。”

因为胸腔有个硬币大小的洞，于是开始收集硬币。有钱人的乐趣真是俗套……那万一有个豆粒大小的阴影，是不是要改为收集豆子了？

“竟然得过肺癌……而且还摘除了单侧的肺。”

如此说来，癌症一定发展到很晚的阶段了。虽然很可怜，但至少保住了一条命，也算幸运了吧。只是术后好不容易恢复，如今又被刺死，未免太过悲惨。

说到肺癌，莫非被害人曾经是个烟鬼？不对，等等！因为内心太过震惊，思维都有些混乱了，刚刚亲切警卫主任好像是说“幼时做的手术”？

“没错，是小学时候的事情。”

嗯——也有可能。

虽然这种病例很少见。若是如此，那他确实不是世人印象中的“衣食无忧的富家子弟”——日怠井警部暗自想着。

但这位富家子弟所遭遇的不幸并非病魔，而是另有其他。

“但实际上是误诊，至于是X光片出错，还是造影时出现问题，现在已经无从考证。总之，由于某种失误，小学生被摘除了一个完全健康的肺。”

误诊？某种失误？怎么能用一句“失误”就打发了？

误诊也是一种失误，就跟被扣上冤罪一样，所以被害人才会格外关注冤罪大师隐馆厄介。但不同之处在于，经历数次冤罪，隐馆的人生虽受到严重影响，但并没有蒙受具体的损失……

每个行业都会出现意想不到的失误以及令人难以置信的失误。

“虽然是误诊，但医师技术似乎还不错，当事人的健康状况没有受到太大影响。所幸，癌症也没有转移。”

警卫主任以开玩笑似的语气讲述着，但日怠井警部完全笑不出来。

话说回来，这次误诊事件跟案件没有关联，调查报告里没有提及可以理解……但医院那边难免会走漏消息吧……

想到这里，日怠井警部连忙问道：“莫非误诊医师就职的医院就是此次被害人被送往的医院？”

“对，原来你早就知道啊。”

怎么可能知道。

但案发后，负责运送心脏停搏的受害人的医院没有多说什么——从这一点隐约能够猜到。

“原来如此，但是，日怠井警部，也有可能是银行创始人一族有意将医疗误诊的消息封锁了起来。”

“封锁？不应该相反吗？”

这完全有可能引起轩然大波，甚至可能致使医院倒闭。

“日怠井警部，这只是常人的观点。但豪门认为这是丑闻，他们觉得误诊的消息会有损家族名誉。”

就像被误逮捕的人即便被证明清白，也依然有人在背后嚼舌根一样吗?

“当然，当事人也得到了相应的赔偿，但重视名声的豪门一族不希望当事人作为‘事故’的‘可怜受害人’被外界知晓。毕竟，这可是新闻工作者最爱报道的。”

日怠井警部突然想起隐馆厄介的那个中立公正的记者朋友。既然那个记者没有调查到这个情报，那说明当时的隐蔽工作做得十分到位。

“更重要的是，医院也得到了相应的好处。但少年并不买账。自那以后，他与家族产生了隔阂，从家族脱离了出来。”

原来收集硬币、被家族孤立都不是突然发生，而是有具体原因的。

“因为这些缘故脱离家族行业可以理解，可为什么四十多岁还不工作，是因为误诊手术后遗症吗？可你之前不是说他的健康状态没受到影响吗？”

“肉体上是没影响，但精神上受到了严重的创伤，他对‘出错’抱有病态的恐惧。”

“所以才会敌视即便屡次出错也依然乐观生活的隐馆先生，信奉从不出错的今日子小姐？”

“他的内心想法我没办法揣测，我只是负责描绘外部轮廓，毕竟我不是侦探。”

“也是……”

非要说的话，他方才展示出的远超今日子小姐的专业调查能力，倒是挺有侦探风范。

“他害怕再次因‘出错’被摘除另一个肺，害怕再次被‘大人们’恶意封锁消息，虽然在外人看来完全是杞人忧天。他的这种恐惧已经转为病态，听说一到人多的地方，就容易出现呼吸功能不全的症状。”

肉体伤害导致的精神伤害吗？

这种例子并不少见，但他确实可怜。

“这种恐惧不断地折磨着他，即便身体有能力工作，他仍以曾经的经历为借口，选择逃避。总不能老是活在过去，有些事情还是要学会忘记。”

忘记吗？

如果可以的话，谁不想忘记。

亲切警卫主任本试图纠正日怠井警部的误解，结果反倒让他更坚定地认为——富家子弟会仇视冤罪体质青年，完全在情理之中。

日怠井警部刚结束与亲切警卫主任的谈话，便接到隐馆的来电。日怠井警部顿时怒上心头。

这家伙，还有脸来。

虽然电话没办法看到脸。

“日怠井警部，我有个问题想问你。”

没有任何铺垫和问候，隐馆单刀直入地说道。

这应该是我的台词吧——现在到底在哪里，在干什么？跟预想的一样，去了十木本宅邸吗？那样的话，巡警那边应该会有消息啊……

但隐馆没有给日怠井警部发牢骚的机会，急匆匆地问道：“今日子小姐进入拘留所时被没收的物品当中有硬币吗？”

“硬币？这个……”

如同日怠井警部猜到了隐馆的去向一般，隐馆也预测到了日怠井警部的行动吗？只是，个人物品的二次检查并没有任何收获。

“隐馆先生，你找到今日子小姐从现场带走物品的证据了吗？”

“没、没有，没有找到……”

急切的隐馆稍微冷静了下来，目前的证据不但不能帮助侦探洗清抢劫杀人的嫌疑，还会起反效果。

“很不巧，她基本什么都没带，去机场都可以直接跳过行李检查了。”

比起这个，你到底在什么地方？在干什么？最重要的是，今日子小姐到底在探访室告诉了你什么？日怠井警部刚想发问，却再次被隐馆抛来的问题打断。

“现金呢？”

现金？

“啊，现金倒是有一些……”

对啊，口袋里揣着现金是没办法直接通过机场安检的。

刚开始被问及有没有硬币，日怠井警部一时间没反应过来，硬币确实也是现金的一种。今日子小姐是带了现金，但金额并不大，并没有什么可疑之处……这点金额，也不像是从别处偷来的。

“能帮我调查一下吗？比如平成12年的100日元硬币、昭和34年的10日元硬币，硬币总金额是1234日元什么的……”

“等等，你得给我点时间啊……”

日怠井警部边往保管库走，边在脑中回想，但怎么也没办法回忆起具体的年号和总额。

12年？34年？1234日元？

只能去确认一下了。突然提这种问题——等等，如此说来。

“我记得她的零钱里有一些欧元，不知道是不是去欧洲旅行时用剩下的……”

“欧元吗？”

隐馆若有所思地嘀咕道。

下一瞬间，他像是想起什么似的，大声说道：“等等，不是那样的！今日子小姐最近确实去过欧洲，但也只是去那边工作，她不可能会在口袋里留下相关痕迹，更不可能当作纪念品随身携带。”

隐馆给出了专家角度的见解。

确实言之有理。

忘却侦探可没有“留念品”这种概念，那到底是怎么回事？

日怠井警部穿过空无一人的走廊，冲到保管库内，再次确认起今日子小姐的随身物品。他按照规定戴上手套，避开日元，拾起当中的欧元硬币。

从隐馆的语气来看，莫非这个就是今日子小姐握在左手里的“东西”？这数量和尺寸确实适合握在手里。

“里面有六枚1欧元硬币，两枚2欧元硬币……总计10欧元。”

日怠井警部一边确认硬币的金额，一边将情况告知隐馆。虽然很不情愿回答他的问题，但与他作对并没有什么好处；虽然很可能几个小时后要为他戴上手铐，不过眼下还是先全力配合他。

但日怠井警部可没有好心到要把亲切警卫主任提供的内部情报，确切地说是内部揭秘告诉他。

“10欧元……不多不少——‘1+2+3+4=10’……这个‘10’指的不是十木本的‘十’，这是误导元素……它除了表面含义，还存在里面含义。”

“嗯？”

“里面的秘密……表里一体……”

隐馆在电话那头嘀嘀咕咕地陷入沉思。他从一开始就在反复念叨“1234”，这让日怠井警部感到很是讶异，但他又不想打断他。还是任由他自己琢磨，这样可以套到更多情报——跟预想的一样，这位青年与忘却侦探截然相反，完全不擅长保守秘密。

“啊！”

电话那头的隐馆突然以足以撕裂耳膜的声音大叫了一声，仿佛在说“我想到了，我明白了，为什么早没有想到”。

“日、日怠井警部，请你把内容告诉我，欧元硬币的内容！”

“内容？我刚刚说了啊，六个1欧元的硬币……”

“不是指这个。”隐馆稍微放慢语速，“我想知道的不是表面的情报——而是里面。”

“里面的情报？”

“没错。”

硬币存在正反两面——所有事物亦是如此。

4

真是太出乎意料了。

看来这次的案子，今日子小姐真的从一开始就知道了真相——只是忘了而已。

第九章

隐馆厄介的现身&捉上今日子的可视化

1

我非常反感拿一些理所当然的事情来“展开论述”，比如一万日元货币是因为人们觉得它是一万日元，才会有一万日元的价值。

一万日元货币会有一万日元的价值，是因为它的评价额有一万日元。

外币汇率也是如此，如果一万日元的外汇评价额是一百美元，那它就值一百美元。如果评价额是九十美元，那它就值九十美元。如果评价额是一百一十美元，那它就值一百一十美元——就如同我的冤罪体质一样。

我究竟是什么人——是真正的犯人还是冤罪受害人——答案不是取决于我，而在于证人、司法、国家、侦探。说极端点，如果外星人来到日本，初次看到一万日元货币和一千日元货币时，恐怕也无法区分两者价值的差距吧。这例子虽然有点极端，但一点也不荒唐，我小时候还以为5日元硬币最值钱——因为它是金色的。

说了这么多世人皆知的观点，其实我想表达的是，对于一些陌生的货币，人们常常很难通过外观进行辨认，因为大多数人不会关注货币的外观。

有些人想通过出国游玩肆意挥霍一把，结果反倒变得极度节省，这种例子并不少见。我曾经去法国旅游的时候，也被欧元的使用弄得够呛。今日子小姐已经忘了，但我还记得当时和她的对话。

“这么想来，欧盟各国统一货币还是挺方便的。至少出国的时候不用兑换货币，反正用的都一样，或许这样还能促进国际和平。”

听完我“对文化多样性欠缺思考”的质朴感想，当时的今日子小姐只是温柔地笑了笑，回答道：“厄介先生，欧盟各国使用的货币并不一样哦。”

“欸？可都叫欧元啊……”

没错，严格来说，英国使用的是英镑——原来如此，忘却侦探还不知道英国打算脱欧的事情。我当时是这么理解的，但她指的并不是这个。

“准确来说，是欧盟各国使用的‘硬币’并不‘一样’，虽然单位相同。硬币有正反两面哦。”说着，她朝我打开手掌，继而转为手背。

没错。

后来，我也是以“搭档”的身份陪今日子小姐周游欧洲后，才清楚地认识到这一点。

欧盟各国的货币设计都不一样。虽然表面的数字一样，但背面的设计各不相同。

硬币是艺术品。

比如，法国2欧元硬币的背面刻有“自由、平等、博爱”，而意大利2欧元硬币背面刻有文豪但丁的肖像。

所以今日子小姐在展览室握着的“十欧元”绝对不是单纯的十欧元，也不能理解为六枚1欧元硬币和两枚2欧元硬币。

严格来说。

是三枚爱沙尼亚共和国的1欧元硬币（背面——国土地图）、两枚卢森堡大公国的1欧元硬币（背面——大公肖像）、两枚西班牙王国的2欧元硬币（背面——国王肖像）和一枚比利时王国的1欧元硬币（背面——国王肖像）。

就像外国人分不清野口英世和福泽谕吉一般，在大多日本人看来，这些硬币并没有什么太大的区别——但是，“1234”。

如果以“今天的今日子小姐”在探访室传达的情报为切入口，就能解开“昨天的今日子小姐”想要传达的秘密。

掟上今日子的备忘录。

2

在熟悉的第四审讯室内，日怠井警部与隐馆隔着铁桌相对而坐。虽然没有装备手铐和腰绳，但就眼前的光景来看，青年完全给人以嫌疑人的既视感。

时隔多日，冤罪制造机与冤罪大师再次在审讯室内会面。如果只是单纯的问话，完全可以在探访室或者警署外的家庭餐厅进行，但这是忘却侦探的要求。

深夜的审讯室内，坐着日怠井警部与隐馆，以及另一只眼睛——确切地说是摄像头。

夹在两人中间的铁桌上放有日怠井警部的手机，接下来的审讯画面将会以直播的方式共享给地下拘留室。

也就是审讯可视化。

此刻的忘却侦探正在拘留室内悠闲地观察着两人的样子。顺便说下，因为她没手机，这次是从看守员那里借来的，她可以随便使用。虽然没有配爆米花这点很是遗憾，但她也无暇纠结太多，因为接下来隐馆的发言，才是真正的“重头戏”。

从十木本宅邸返回后，隐馆并没有一副胜利归来的样子，而是战战兢兢地盯着手机的摄像头。还是说，他们在背着日怠井警部暗中传递着什么消息——通过单方面的眼神暗示。

总之，谜题终于要解开了——侦探助理与刑警的解谜环节拉开帷幕。

“从哪个开始呢？抛硬币决定吧。”

“从哪个开始？隐馆先生，你是在开玩笑吧。我已经没什么可说的了。置手纸侦探事务所的警卫主任提供的情报我刚刚都说出来了。”

“我不是这个意思……我是想问，是从原因说起，还是从结论说起。”说着，隐馆看向桌上排列的八枚欧元硬币。

3

我有能力解开谜题吗？包括日怠井警部在内，想必有很多人对此感到不安。当然，答案是不能，我做不到——若换作平常的话。

但这次情况不一样。因为在被害人十木本未末的眼里，我是“忘却侦探的搭档”。

我必须要做到。

话虽如此，光靠一腔热血是解决不了问题的。只有被解开的暗号，才能称之为暗号。唯独这次的案件，我可以化不可能为可能。

“昨天的今日子小姐”留给“今天的今日子小姐”的暗号并没

有违反原则，也不是什么难解的谜题，只要花点时间，谁都可以解开。当然，最快侦探从一开始就已经破解——毕竟是忘却侦探给自己留下的暗号。

从最初就看穿的真相。

说来也不是嘴硬，这次我与日怠井警部会遇到难题，是因为今日子小姐将解谜所必需的要素分割了开来。这是她巧妙操控情报的结果。光靠“1234”或“十欧元硬币”是无法解开谜题的……只有正反两面同时进攻，才能破解此次的暗号。

经过整理，十欧元硬币的详细内容如下：

爱沙尼亚硬币=1欧元×3枚

卢森堡硬币=1欧元×2枚

西班牙硬币=2欧元×2枚

比利时硬币=1欧元×1枚

进一步梳理的内容如下：

爱沙尼亚硬币=3欧元

卢森堡硬币=2欧元

西班牙硬币=4欧元

比利时硬币=1欧元

发现了吧，刚好是“1234”。“1”+“2”+“3”+“4”=“10”。也就是说，今日子小姐左手握着的十欧元，刚好可以分成“1”“2”“3”“4”。

既然如此，那可以按照数字重新排序。

比利时硬币=1欧元

卢森堡硬币=2欧元

爱沙尼亚硬币=3欧元

西班牙硬币=4欧元

“也就是说……今日子小姐在玻璃上写的‘1234’指的是国名顺序，而不是指欧元本身或者硬币的金额？欧盟四个国家的国名按照这样的顺序排列有什么特殊意义吗？”日怠井警部讶异地问道。

我点点头。

“所以，如果只是表面意思，那用英镑、法郎或者马克也可以组成这些暗号。但刚刚说过了，这次用的全是欧元。单看表面……根本领会不出当中的含义。”

“但是，就算从反面理解，把硬币像这样排列，又能说明什么？这一步的意思我完全不懂。”

“到这一步，谜题基本解开了。这是解读暗号最基本的手法——把各国的首字母连起来试试。”

“首字母？”

“没错，用暗号学的术语来说，就叫语音代码。确认完里面后，接下来是表面……也就是首字母。”

具体如下：

BELGIUM=1欧元

LUXEMBOURG=2欧元

ESTONIA=3欧元

SPAIN=4欧元

“B……L……E……S？BLES？有这种单词吗？”

日怠井警部不解地偏过头。

我也用从管原女士那里借来的电子词典查过了各国名字的写法，虽然我对外语不是很在行，但至少电子词典自带的英日词库里并没有“BLES”这个单词。

不过，虽然找不到“BLES”这个单词，但在词典里输入这几个字母后，很快出现了与之相近的单词……“电子词典只能查找目标单词”的世俗说法瞬间被推翻。

看到画面显示的单词，答案已经一目了然。谜题的关键点在于，为何只有西班牙硬币是2欧元。当然也有可能是因为今日子小姐手太小，握不下太多硬币，但实际不仅如此。

它代表西班牙硬币的首字母“S”有两个，也就是——BLESS（祝福）。

这种常见的单词，就算不查字典也能认得。

“BLESS……祝福？虽然暗号谜题基本已经解开……可隐馆先生，这到底是什么意思啊？眼下的状况根本没什么可祝福的啊。”

“没错，所以，侦探留下的只是一个不完全的暗号。欧盟国的国名首字母并没有涵盖所有英文字母，用欧元硬币不一定能完全拼出目标单词。”

所以，还要考虑拼写错误的可能性。而且，能握住的硬币数量也有限。

或许侦探并不想暗号化，只是不得已为之，所以才变成了晦涩难懂的暗号，说来真是讽刺。

“‘昨天的今日子小姐’真正想传达的不是‘BLESS’，而是‘BREATH’。”

BREATH（呼吸）。

我惶恐地道出了暗示情报的真实含义。

4

BREATH，呼吸。

总算弄清楚了今日子小姐留下的暗示情报的含义，日怠井警部像推理小说中登场的愚钝刑警般，暗自感慨“为什么这么简单的问题都没有意识到”，但他很快意识到，事情并没有那么简单。

还有问题尚未明了。

问题看似解决，实际还存在未解的谜题——隐馆遵照侦探的指示，前去案发现场，意外从管原女士口中得到了警方所没有掌握的情报，并打听到了第二重密室的内幕。

原来展览室曾经是一间金库，后改造成了房间。虽然房门已经遭受了不可逆的破坏，眼下无从验证，但这行为本身已经能证明现场的密室性。

所谓的密室性，不仅仅指空间，大气也处于密闭状态。大多数人会先入为主地引用“密室里只有两人，一人死去，另一人必定是犯人”的简单论法。

但密室中并非只有两人。

而应该说“密室中多达两人”，但空间内氧气有限。

“前面也说过，为了保护展览室的藏品，室内的空气都由电脑管理。硬币基本都是金属，为最大限度地避免金属氧化，室内氧气含量自然会控制到最低限度……”

隐馆战战兢兢地为日怠井警部补充分析道。他似乎担心自己的解说有些多余。事实也确实如此，即便是愚钝刑警，这点程度的理解力还是有的。

但正因为理解，才更一头雾水。

有些问题必须要指出。

“隐馆先生，你的分析很有趣，但问题是，这跟事实完全不一致。被关进金库后，将对方杀死，这种情节在侦探小说、悬疑小说里可能十分常见。放到现实生活中也不足为奇。所以，你可能想说，趁两人进入金库后，把门关上的第三者才是犯人，但这样显然是行不通的。因为被害人不是窒息而死，他的死因不是缺氧，而是被刺死的。”

“被害人被刺死的诊断结果，是接收医院开具的对吧。那家医院恰好是曾因误诊完全摘除十木本未末先生右肺的医院。”

感觉话中有话——他到底想暗示什么？莫非他想说，刺杀的结果也是误诊吗？

当然，医生不是神。

毕竟犯过一次错，就算再犯两次、三次，也不足为奇。推理小说中往往喜欢将科学搜查得到的线索视为绝对，但现实的案件避免不了人为失误。

不管是指纹鉴定还是DNA坚定，失误是无法避免的。

但这些基本是小概率事件。再怎么说，也不至于把刺杀和窒息死亡弄错吧。

“没错，正如你所言，一般不至于混淆刺杀和窒息死亡。而且，我记得搜查报告里记录的死因是‘刺伤引发的心因性休克’。”忘却侦探助理贸然插入话题，“但从现场来看，受害人基本没有怎么流血。”

“那我就不知道了。反正不管是失血过多死亡，还是休克死亡，都是被刺死的不是吗？”

“但如果是休克致死的话，原因就不一定是刺伤。因刺伤胸部造成的冲击较大，难免会让人与死因联系到一起，但说不定还有其他原因导致了休克。”

莫非青年将“休克致死”理解为“吓死”的意思了？虽然广义来说，这么理解没有问题，但医学上来说，这完全是两个概念。

再怎么说，窒息也不可能导致休克……密室里的氧气再少，在关门的瞬间，内部的氧气也不可能立马耗光。

“内部的氧气不可能立马耗光——密室外的人才会这么想哦，日怠井警部。”隐馆继续说道，“当然，我也这么想过。摆放藏品的展览室空间非常大，所以，即便听说那里曾经是金库，我也没想过被关在里面有窒息的风险——直到我弄懂了今日子小姐留下的暗示情报的含义。

“可一旦真的被关进密室，换谁也没办法冷静吧。就像待在审讯室的嫌疑人没办法保持平静一样。更何况，十木本先生有呼吸恐惧症。这就是为什么宅邸内部到处都配有空气净化器……”

恐惧症。对啊。

因误诊被摘除单侧肺的受害人，对“无法呼吸”有着“病理性”的恐惧，甚至让他无法回归正常社会生活，只能沦为一介无能的富家公子。

假如真像隐馆说的，有人将受害人关进了密室，那他当时一定惊恐到无以复加……说得夸张点，即便引发休克也不足为奇。

就算不会引发休克，也有可能导致呼吸功能不全，毕竟这种病很容易诱发。

亲切警卫主任说过，十木本先生会放弃社会生活，并非出于健康方面的原因，而是因为害怕“出错”，一旦进入人多的环境，他就会出现呼吸功能不全的症状。

因为人多意味着氧气消耗量增多。假设他害怕的不是“出错”，而是窒息，结果会怎样?

若是如此，那在被关进展览室的瞬间，即便“氧气不会马上耗光”，他也有可能陷入恐慌。换作任何人被关进密室，都很难保持冷静，更何况是有呼吸问题的十木本先生。

但即便如此，案发时，十木本先生胸口被刺伤是不争的事实。不管做多少假设，都无法推翻这一事实。

今日子小姐的嫌疑依然无法洗清。

如果还要继续勉强地推理下去，那就是……十木本先生因窒息陷入混乱，为了独占氧气，企图对今日子小姐下手，今日子小姐为了自保，无奈将十木本先生刺死——存在这种可能性吗？

若要探讨这种可能性，那公平起见，也必须要考虑“今日子小姐为了争夺氧气，下手将十木本先生刺死”的可能性。相比抢劫杀人，后者的动机更贴合实际……毕竟争夺的目标是氧气。

“如果是为了氧气相互残杀，那可以算是无罪吧？虽然不是正当防卫，但也算是紧急避难啊。”

冤罪大师搬出了法律的武器——如此一来，再可疑的行为，也可以正当化了。然而，隐馆却说：“但实际并没有相互残杀。”

“试想一下，如果真像假设的那样，十木本先生因为‘被关进密室’而陷入恐慌，导致出现呼吸功能不全的症状，那侦探完全没必要再去刺他，因为根本没必要动手。而且就算被害人在这种状态下发起袭击，她也很容易就能躲过吧。”

虽然不能百分之百断定，但展览室空间较大，相比去刺杀一个陷入恐慌的人，逃跑显然更为明智。

更何况，名侦探的判断能力要高于常人，即便身处逆境，忘却侦探也能保持平静。她在审讯室和拘留所的态度就是最好的证明。

说来讽刺，今日子小姐会被视为嫌疑人，至少能证明她并非突发性杀人犯。因为就算被关进氧气有限的空间内，她也不会立刻陷入恐慌。她一定会冷静地思考逃脱方法。不，是解救方法。

光是被关进金库无法脱身，就足以让普通人倍感压力。若此时身边被困的人因恐慌出现呼吸功能不全的症状，常人根本无法冷静处理，只能在原地惊慌失措。但今日子小姐不一样，她一定会采取最合适的行动，而且是以最快速度。

但问题是，这时候的最佳处理方式又是什么——为了独占氧气，刺死呼吸困难的同伴吗？不，这可称不上是最佳处理方式。隐馆说的没错，根本没必要自己下手。

那这时候要采取的应该是急救措施吧。对于呼吸功能不全的人，最合适的急救措施是人工呼吸。

“日怠井警部，对于呼吸功能不全的人来说，人工呼吸可不是最佳措施哦，相反，这么做可能会害了他。”

“欸？可是，对于青紫症*的人……”

---

* 青紫症或称发绀（cyanosis）是指皮肤和黏膜变为蓝色或蓝黑色，是由血液中的还原型血红蛋白过度增多所致。其中中央型发绀是由于从右向左心分流、肺疾病或血液系统疾病所致的全身动脉血氧不足所引起。——译者注

日怠井警部曾接受过最低限度的医学知识培训。如果遇到有人呼吸困难，首先要让病人躺平，确保气道通畅。那如果不是青紫症呢？如果是与青紫症正相反的症状……对啊，被害人最害怕氧气不足，所以他会出现的症状应该是——过度呼吸。

若是如此，那人工呼吸绝对是禁忌。因为病人本身呼吸频率过快，若此时输入更多空气，可能会致使病人肺泡破裂。不，就算不做人工呼吸，弄不好，也有可能引发气胸……

“所……所以，今日子小姐才刺了被害人的左胸吗？为了急救？”

隐馆屏住呼吸，静静地点头。

5

如今，电视荧屏上不时能看到各类警匪、医疗题材的电视剧——大多人对于“气胸”这个词的含义与症状已经不再陌生。即便没有读过《家庭医学》也能知道，气胸的有效急救措施是“肺壁穿刺”。

连我这种普通人也知晓这点。即便没有看最近的电视剧，在今日子小姐的耳濡目染下，知道这些也并不奇怪——不知道才不正常。

但这却成了此次案件的盲点。

确实，对大多数人来说，为呼吸功能不全的患者做肺壁穿刺，更像是电视剧里才有的场景。而实际的穿刺急救措施不同于一般的人工呼吸。

它是一项外科手术。

非医护人员实行外科手术是违法行为。正因如此，才彻底忽略了这一点。

不管是我还是日怠井警部。

一听到左胸被刺伤，就自然而然地认为“凶手瞄准的是心脏”，却忽略了人的肺脏也位于左胸。虽然今日子小姐左手留下的硬币暗号帮我们解开了“呼吸”的谜题，可她为什么不惜做到这种地步？但在得知日怠井警部从今日子小姐的保镖那里得来的受害人情报后，我似乎又能理解了。

即便引发气胸，如果另一侧的肺功能健全，完全可以维持正常呼吸，也就没必要去犯法。但被害人另一侧的肺因误诊惨遭摘除，在转为青紫症前，必须要尽快想办法帮他缓解症状。

提到速度，没有谁能快过忘却侦探。确认过被害人右肺的状态后，今日子小姐一定毫不犹豫地刺向了十木本先生的左胸。

在这种状况下，今日子小姐没有因为法律和自保的问题而选择袖手旁观。从死因不是窒息致死这一点来看，急救措施应该十分成功。

但依然没能救活。即便是最快侦探，也没能赶上。

换成通俗易懂的说法就是：出现气胸后，膨胀的左肺压迫心脏，阻碍血液流通，心脏停搏后，致使受害人休克死亡。

若是如此，那与接收医院的“叙述诡计”并不矛盾——为掩盖曾经的误诊丑闻，医院有意扭曲死因，略去了呼吸系统方面的问题。

完全避开对院方不利的因素。

“要想验证这番推论是否正确，方法很简单，进行二次诊断……对受害人进行遗体解剖。当然，要在警方的医院。”

通常来说，这种“刺杀事件”没有必要进行遗体解剖。但如果接收医院开具的死亡证明缺乏可信度，那就不得不解剖，看受害人死前是否出现过气胸症状。一般只要检查血液或者呼吸状态就能得出答案吧。当然，即便被刺伤的是肺部，也有可能因此引发休克，导致心脏停搏。急救措施弄不好有可能会起反效果，所以法律才禁止非医护人员施行医疗救护。

“但是，隐馆先生，如果是这样，那又多了一个谜题。即便是非法行为，对今日子小姐来说，也是不得已而为之吧。就算最后没救成，也没必要拐弯抹角地用手握硬币的方式给自己留暗号吧。要想证明自己的清白，完全可以堂堂正正地把真相说出来啊。”

没错，我也在现场想过这个问题。

就算没有笔，也可以用刃器在地板上刻字，或者用硬币在地板上摆成字的形状，办法要多少有多少。如果早这么做，事情也不至于这么麻烦。

又或者，她完全可以熬一个晚上不睡觉，这样即便到了第二天，也不至于把刺伤受害人的具体经过忘记。可现实哪有这么简单。

就算十木本先生抢救无效去世，室内氧气越来越少的状况，依然不会改变。

不，严格来说，是有些许变化。

今日子小姐可用的氧气量加倍了。但毕竟不清楚具体的氧气量，也不知道什么时候能得救，谁也不敢保证能撑到出去。侦探和委托人每次在展览室都是秘密会面。按理说，如果宅邸主人被关在里面许久没有出现，要不了多久就会有人来施救。但实际上，管原女士是到了第二天早上才发现“少爷”失踪，这才撬开了展览室的门。

从十木本先生的个人情况推测，管原女士当时之所以没有去找开锁匠，也是考虑到“少爷”有呼吸方面的精神疾病，怕他在密闭空间内发作吧。

实际确实发生了。

只是，这种真相比“侦探因激烈反抗不慎刺死少爷”好不到哪里去。

“今日子小姐必须要控制自己的活动量。平时她可是生龙活虎，做什么事都是雷厉风行，但唯独这个时候，她必须要尽可能不动，尽可能不呼吸，为等待救援，将氧气的消耗量降到最少。”

“不不……隐馆先生，她又不是瑜伽大师，怎么可能不呼吸？”

说到这里，日怠井警部似乎也意识到了什么。当然不是意识到今日子小姐不是瑜伽大师。

而是今日子小姐睡着的原因。

在密室中进入睡眠状态。

虽然达不到冥想状态的效果，但这已经是最优手段，可也不能直接睡去。毕竟她是每睡一觉记忆就会重置的忘却侦探。大脑一片空白地在密室中醒来，身边躺着胸部被刺伤的尸体，即便是今日子小姐，也会怀疑自己就是犯人吧。

所以，她只能匆忙地在氧气越来越少的状态下，紧急制作一条暗示情报。

毕竟时间有限。她只能临场发挥。

尽管晦涩难懂、迂回冗杂、手法粗陋、内容残缺，甚至无暇顾及网罗推理，侦探只能采用最先想到的办法。她相信今天的真相一定能如实传达给明天的自己。

但很遗憾，“今天的今日子小姐”没能完全理解“昨天的今日子小姐”想要传达给自己的情报。若是知晓，也就不至于会被作为现行犯逮捕，她没能通过醒来后手里握着的数枚硬币，推理出案件的全貌。

当时存在的可能性太多，惯用网罗推理的今日子小姐没办法锁定真相，正因如此，才会乖乖被捕。

起初我以为今日子小姐被人设了套，现在看来，她是落入了自己的圈套。

为了从警察手里调查到事件的概要，她故意被警方带进审讯室，被拘禁在看守所内。

兴许她在读完调查报告后，已经大致理解了案件的全貌。只是光凭这份包含错误死因的报告书，还不足以确信自己不是犯人。就算她知晓十木本先生是自己的委托人，如果不清楚他右肺的情况，就无法将真相与急救措施联系到一起。所以才会违反与日怠井警部的约定，让我这个“专家”出面帮忙。

寻找证据。

日怠井警部以为今日子小姐是因为不信任警察，才会委托我作为第三方见证人。但准确地说，今日子小姐是不信任调查报告。因为当中的内容完全将犯罪的矛头指向了侦探。

所以……

“先不管谜题，还有问题没弄清楚……”日怠井警部沉默了片刻后，总结似的说道，“至少……警方没有理由再以杀人的嫌疑拘留今日子小姐。”

作为冤罪制造机的日怠井警部仿佛卸下了心中的重担，露出一副“让忘却侦探赶紧离开这里”的表情。他该不会以为尘埃落定了吧。

但若真是如此，那我要抱歉地说，这些不过是我的个人推理——外行人的意见——即使是专家，也不过是作为忘却侦探专家的意见。

或许忘却侦探并不这么认为呢。

又或许，我所说的这些，全都偏离了事实呢。所以我才要求解谜过程可视化。

想到这里，我看向连接着地下拘留室的手机摄像头。

“今日子小姐，这样好吗？”

要说好坏，至今为止没发生过一件好事。毕竟不管真相怎样，十木本先生惨死是不争的事实。

可怜人就这样可怜地死去。

这种真相，又有何“好”可言。

所以，我连忙换了种说法。

“今日子小姐，我今天的助理表现还称职吗？”

值得让生前的十木本先生敌视我吗——这句我没能说出口。

对方没有回答。

该不会又不及格吧？就在我感到不安的时候，日怠井警部似乎感觉到了异样，他拿过手机，把音量调大，结果。

“呼……”

手机里传来平稳的呼吸声。

忘却侦探向来坚持任何事件都要在一天内解决。所以，她的入眠就是案件解决的最好佐证，也是对愚钝助理的最佳肯定。

虽然忘却侦探是个充满谜团、虚实参半、身份不明的神秘存在，但她平稳的呼吸声，却如同表里如一、近乎纯洁的犯罪。

终章 捉上今日子获释

由于各项繁杂的手续，直到隔天下午，忘却侦探才正式获释。但日怠井警部前往拘留室时，今日子小姐仍在睡梦当中。对她来说，“今天”才刚刚开始吧。

“我怎么会在监狱里？为什么还穿着警官的制服……”

刚醒来的今日子小姐看似有些混乱。日怠井警部将情况从头到尾详细说明了一遍——包括她以抢劫杀人的嫌疑被捕，现在罪名被洗清，以及警官制服是她主动要求穿上的事情。

“你可别逗我哦，我怎么可能故弄玄虚地骗你们给我穿女警官的制服，这绝对是冤罪。”

即便记忆被重置，这人依然是个烦人的嫌疑人——麻烦别再来了。

“不不，我还会回来哦，像前女友那样。”

“千万别……私自进行医疗救护总不是冤罪吧？过几天署里会找你谈话的。”

“过几天可跟今天的我没什么关系。”

今日子小姐故意装起傻来。

怎么感觉她记忆被重置后，脸皮更厚，而且更烦人了。

私自进行医疗救护的事情估计也不会被问罪吧，毕竟新的尸检报告也出来了。

“欧元硬币能麻烦日怠井警部代我还给十木本宅邸吗？因为严格来说，这是‘昨天的我’犯下的罪行。”

“没问题，这点事情我乐意效劳。”

虽然抢劫罪不成立，但私自带出藏品有可能构成盗窃罪。但考虑到原主人十木本先生曾有意将藏品赠送给今日子小姐，这方面估计也很难立案吧。

“那些藏品可能会被受害人的远房亲属瓜分，这些硬币我打算让隐馆先生帮忙转交给管原女士。”

“如果是这样，那就要劳烦他把真相告诉那位女士了……隐馆先生吗？真是承蒙他的关照，虽然我已经忘了。”今日子小姐淡淡地说道。

不管助理曾经怎么努力，侦探都不会记得了。

“虽然我不欢迎你以前女友的身份回来，不过，还是希望你能继续以侦探的身份与我合作。虽然你这次的罪名被洗清了，但我给你的委托还没有完成。”

“欸？是吗？”

今日子小姐本能地露出了疑惑的表情——哎呀，虽然你的嫌疑被洗清了，可这次的事情还没结束呢。

必须要抓到真正的犯人才能结案吧。

虽然案件情况不同于以往。

“真正的犯人吗？”

“没错，根据隐馆先生的推理，应该是有人故意把你们关在了展览室里，对吧？可能犯人知晓被害人在这种状况下容易出现呼吸功能不全的症状。”

虽然没有直接杀人，但通过伪造事故，即便不能让受害人病情发作，也有可能因发现不及时，使其窒息死亡——即故意过失。

那犯人是如何躲过巡警的监视，进入十木本宅邸的呢？必须要弄清这点。虽然继承财产的远房亲属嫌疑较大，但考虑到警亭的存在，也有可能是内部作案。

宅邸的用人存在作案嫌疑，当然，也有可能第一目击者就是关闭展览室门的真凶。或者说，有第三者知晓暗门的存在。

“我觉得没有。”

“欸？”

日怠井警部现学现卖的网罗推理被打断。

“你一定在想，我才刚知晓案件的始末，怎敢如此断言。其实没必要想那么复杂哦，想想奥卡姆剃刀原理*。日怠井警部刚刚提到了‘伪造事故’，对吧？但其实案件本身就是一场事故吧？”今日子小姐说道。

本身就是一场事故？

“你的意思是，门是不小心被关上的？十木本先生怎么可能会犯这种低级错误？那可是他亲自管理的房间啊！”

“没错，从你刚刚的描述来看，我应该接受了很多次委托吧？也就是说，我曾多次被带进展览室。如果只是一次，十木本先生应该会很小心，但如果反复多次，难免会偶尔疏忽吧，毕竟是自家的房间，难免大意。”

日怠井警部无以反驳。

可是，如果是这样，那就不用再去找什么“真凶”，可以直接结案了吧。刚刚提到受害人的远房亲属嫌疑较大，但仔细想想，他们比受害人还有钱，根本不在乎这一星半点。至于内部作案，受害人一死，他们可是要直接失业。

假设有第三人知晓暗门的存在，那此人犯案的可能性的确很大。但十木本先生可是对“无法呼吸”存在病理性的恐惧感，他不可能会如此大意。

---

* 奥卡姆剃刀原理意为“如无必要，勿增实体”，也就是通常所说的“简单有效原理”。——译者注

他一定会比常人加倍小心。

可如此一来，将密闭性较高的金库改装成展览室的行为，未免显得有些奇怪。

“也就是‘故意过失’哦，日怠井警部。”忘却侦探说道，“频繁出入这种一旦被关上就可能导致窒息的房间，连我这个侦探都觉得危险，这简直就是自杀行为。”

“……”

“但或许，十木本先生自己也希望哪天能不慎出错吧。但这又与他购买养老用床铺以及安装各种养老设备的行为相违背。”

他完全不像是有自杀倾向的人，动机到底是什么——这些日怠井警部没有说出口。

想死的理由要多少有多少。

可怜的人就这样可怜地死去。

毫无希望——只剩绝望。

“那将今日子小姐卷入自己的失误也是他所希望的吗？所以才屡次把你请去展览室，他所希望的就是……殉情？”

“谁知道呢，毕竟没见过当事人，不好妄加评论。”今日子小姐刻意撇清关系后，继续总结道，“明明早知道展览室存在潜在风险，却还在门关上之后如此恐慌，或许也是因为看到我被无故卷入吧——这样解释或许更自然一些吧。”

不愧是最快侦探。距离取下手铐，从梦中清醒才过去五分钟，案件就解决了。

“哎呀呀……”

写有杀人事件的封面，被名侦探翻个面，变成了连事故都称不上的病死事件——可谓掟上今日子的内病死（内封面）吗？*

日怠井警部这次又充当了“愚钝刑警”的角色，仔细想来，似乎一直都是如此。

不管值不值得，至少隐馆出色地完成了助理的任务，如果没有身为忘却侦探专家的他，案件恐怕无法解决。

但不管有没有日怠井警部，案件最终都会解决。察觉到事态异样，亲切警卫主任早晚会跑来警署，届时大家都会知晓委托人（被害人）的详细情况。虽然日怠井警部一开始下定决心要超过名侦探，但终究注定只是陪衬。

“哎呀呀，真是谦虚呢，您可是逮捕我的名刑警啊。”

“别再挖苦我了，逮捕你的是其他刑警，我只是中途接手而已。这次的案件大部分是你的专家——你的‘搭档’隐馆先生解决的，我什么也没做。”

“没错，‘昨天的我’一定会非常感谢隐馆先生的努力，虽然我已经不记得了。”

---

* 日语中“封面”与“病死”的日文发音相同。——译者注

隐馆先生真是吃力不讨好。

照这么说，愚钝刑警的处境似乎要好得多。

“不过，‘昨天的我’一定也会非常感激日怠井警部的，虽然我已经不记得了。没有日怠井警部，我也不可能被释放。”忘却侦探以确信的语气说道。

不是推理，也并非假设。

“因为日怠井警部不是讨厌我嘛。”

“欸……绝对没有的事。”

虽然他的态度确实很不耐烦。

或许在叙述案件的时候，语气中自然流露出对名侦探的排斥。但日怠井警部大意了，他忘了，忘却侦探才是审讯的老手。

“虽说‘昨天的我’会坚信自己无罪，全都多亏‘前天的我’留下的暗示情报，但也有可能那条情报是假的，说不定‘昨天的我’是为了得到藏品，不惜将十木本先生杀害——这种可能性也不是没有。所以，如果我就是犯人，那些批判我的人一定会给予我制裁。粉丝和专家或者即将被解雇的警卫主任可没办法防止名侦探失控。虽然外界夸大其词地称我为不需要助理的名侦探，但那些用毒辣的目光审视我的批判者也是重要的存在。还是说，日怠井警部——”今日子小姐露出恶作剧的笑容，“你该不会真的喜欢我吧？”

难以理解。

甚至让人觉得反感。

想成为忘却侦探的搭档什么的，不过是那个分不清现实与妄想的放荡公子的愚蠢戏言——日怠井警部曾如此犀利地批判。他排斥当侦探的陪衬，所以才萎靡不振。

但或许，说到底，这就像是硬币的正反面。

相对地，要说没有任何其他感情，那绝对是伪证罪。但日怠井警部又不想用“渴望被认可”这种原始的词语来形容这种感情。

昨天一天在低声下气的屈辱中度过。对于日怠井警部来说，这种日子，以及曾经那些相似的日子，终于在这一瞬间画上句号。

莫非你喜欢我?

其他人就是这样被她笼络的吗？难怪一个个都疯狂地维护她。

这人到底多会算计，真是个罪恶深重的侦探。

“这……”

“嗯？”

“这完全是冤罪啊，今日子小姐。”

算了。反正。

下次见面的时候，又是对手。

日怠井警部苦笑着暗下决心，在拘留期限内释放了这位厚颜无耻的误逮捕对象。

附记

我按照约定，将此次案件可公开范围的情报提供给了记者围井都市子，但她没有将此作为新闻进行报道。或许是觉得这个案子没有新闻价值，又或许是她的注意力转移到了医疗黑幕上。不管怎样，她计划执笔的忘却侦探传记恐怕要许久之后才能出版了。

听围井小姐说，那个比我更了解我，而我却不知道那人姓名的忘却侦探保镖又被解雇了。但我又听日怠井警部说，今日子小姐被释放后，是那位保镖前来迎接她的。反正他们的关系外人无法理解。

至于我，今天又在继续着撰写简历的日常。案件解决的同时，今日子小姐进入了梦乡。而我却有种从梦中醒来的错觉。

我甚至都不确定，十木本先生这个人是否真实存在……

不，或许我只是想这样催眠自己吧。

可怜的人就那样可怜地死去。

我只是不想那样想而已。

所以才会潜意识地将那个案件当成虚构的故事，自然地忘却，试图制造“故意过失”——但真的是那样吗？

可怜的人就那样可怜地死去，这就是此次案件的结论吗？隔段时间后，回过头想想——唯独这一点侦探无法做到——也不一定如此。

出现呼吸功能不全的症状后，急救措施无效，不幸死亡。这样的他不一定就是可怜的。

虽然不幸发病去世，但从结果来看，至少他给今日子小姐留了更多的氧气……在毕生收集的藏品的包围下，死在倾慕的名侦探身旁，这样的结果虽谈不上幸福，但也一定不差。

又或者，他是故意发作的呢?

虽然已经无从考证，但或许是委托人为了让侦探活下去，故意不让自己呼吸功能不全的症状得到缓解呢?

或许当时的他，想要的不是呼吸，而是祝福呢?

他并非意外被杀，而是为了帮助倾慕的侦探，有意义地死去。

当然，现实的今日子小姐并不认可这种自我牺牲式的英雄主义，所以她才不惜触犯法律，施行创伤性的急救措施——换个角度，看法也会完全不同。

表里反转，梦境与现实也相互替换。

此次的案件，唯一没有反转的，是今日子小姐的立场……不管是身处拘留室，还是被委托人（收藏家）伺机靠近，她都没有忘记自己的侦探身份。

正因为是一张白纸，才能表里如一。

我永远都做不到。

从被一个陌生的高等游民羡慕的梦境中醒来，我接连失业的现实依旧在继续。或许他对我怀有的误解，有一天会变成现实……或许未来有一天，那些都会化作真实。

我拿着写好的简历，朝置手纸侦探事务所走去——但今天，不是以委托人的身份。

写在最后

在至今为止的小说中，“里面的里面就是表面”这句标语出现过无数次，这是推理小说的惯用句。但这种熟悉的手法弄不好就会变成“缺乏新意”的真相……“里面的里面就是表面”这句标语反过来就是“表面的表面就是表面”。不可思议的是，这种手法需要建立在推理作品中作者与读者相互信任的基础上，类似于一种诡计。刻意套路读者的作者与努力看穿作者套路的读者，这种奇妙的信任关系。也可以说，两者是促使推理作品成立的共犯关系。虽然有时候可能会出现“些许程度的矛盾”或“导致读者误解”的情况，需要格外的小心，但假装相信“存在误导嫌疑”的伪真相，继续往下读的过程，是最让人兴奋的。要做好被骗的准备读下去。如此看来，与其说“里面的里面就是表面”是惯用句，倒不如说是作者与读者间的约定……当然也有破坏约定的类型，这里就不做赘述。

终于迎来了忘却侦探系列的第九部。虽然记得不是很清楚，但本系列的作品，我都是当成第一部去创作，就像当成最后一部创作一样，两者就相当于表里的关系。但是，多亏了前面八册，才有了本作品。说简单点，这是由隐馆先生篇与警部先生篇组成的作品。说实话，虽然这种写作手法在忘却侦探系列中较为罕见，我甚至有些不习惯，但写作过程还算轻松……可能因为我把它当成新系列作品创作，所以忘记了固有的写作模式吧。就像反复翻转一张卡片，最后分不清表里一样。忘却侦探系列第九部大概就是这种感觉。

结合故事内容，本书的封面做成了双封面的模式。敬请期待VOFAN先生绘制的表里如一的今日子小姐吧。一定会带来意外的惊喜。下部作品是第十册，书名应该是《掟上今日子的色卡本》，如果我没记错的话。

西尾维新

《捉上今日子的内封面》
绯华璃 译
本书中文译稿经青空文化有限公司授权出版简体字版本。

北京市版权局著作合同登记号：图字 01-2021-5019

图书在版编目（CIP）数据

捉上今日子的内封面 /（日）西尾维新著；绯华璃
译．-- 北京：台海出版社，2021.12
ISBN 978-7-5168-3135-9

Ⅰ．①捉… Ⅱ．①西… ②绯… Ⅲ．①推理小说－日
本－现代 Ⅳ．① I313.45

中国版本图书馆 CIP 数据核字 (2021) 第 187361 号

捉上今日子的内封面

著　　者：[日] 西尾维新　　译　　者：绯华璃

出 版 人：蔡　旭　　封面绘制：VOFAN
责任编辑：员晓博　　封面设计：MF·推梦

出版发行：台海出版社
地　　址：北京市东城区景山东街 20 号　　邮政编码：100009
电　　话：010-64041652（发行、邮购）
传　　真：010-84045799（总编室）
网　　址：www.taimeng.org.cn/thcbs/default.htm
E－mail：thcbs@126.com

经　　销：全国各地新华书店
印　　刷：三河市嘉科万达彩色印刷有限公司
本书如有破损、缺页、装订错误，请与本社联系调换

开　　本：880 毫米 ×1230 毫米　　1/32
字　　数：185 千字　　印　　张：8
版　　次：2021 年 12 月第 1 版　　印　　次：2021 年 12 月第 1 次印刷
书　　号：ISBN 978-7-5168-3135-9

定　　价：48.00 元